멧돼지와 맞서다

멧돼지와 맞서다

초판인쇄 2018년 12월 25일
초판발행 2018년 12월 31일

지은이 윤형진
펴낸이 김상철
발행처 스타북스
등록번호 제300-2006-00104호

주소 서울특별시 종로구 종로1가 르메이에르 1117호
전화 02)735-1312
팩스 02)735-5501
이메일 starbooks22@naver.com
표지 일러스트 윤채림

ISBN 979-11-5795-445-2 03810

이 도서의 국립중앙도서관 출판예정도서목록(CIP)은 서지정보유통지원시스템 홈페이지(http://seoji.nl.go.kr)와 국가자료공동목록시스템(http://www.nl.go.kr/kolisnet)에서 이용하실 수 있습니다.(CIP제어번호 : CIP2019002706)

멧돼지와 맞서다

| 윤형진 지음 |

스타북스

핑계

칠순이란 핑계로 시집 한 권 묶었다.
팔순이란 핑계로 시조집 한 권 엮었다.
구순에는 산문집 한 권 꿰매려 했는데
거기까지 가기 쉽지 않을 것 같다.
그래서
결혼 60십 주년이란 핑계로
자전적 산문집 한 권 서둘러 엮는다.

시를 공부하게 된 이유

좋은 가사歌詞를 한 편 써서 작곡을 하리라는 꿈을 갖고 시 창작 강의실을 노크했다. 10여 년 동안 수강료 또박또박 다 내고 공부했건만, 내 마음에 드는 가사 한 편 못 썼다. 그렇다고 시라고 내세울 만한 작품도 한 편이 없다. 이건 잘못 돼도 한참 잘못 된, 궤도를 이탈한 인공위성이 본연의 임무를 망각하고 한가롭게 산책하는 듯한 꼴이 되고 말았다. 그나마 칠순에 시집 한 권 냈고, 팔순에 시조집을 한 권 냈으니 보람이 없는 것은 아니다.

뒤돌아보면 시 공부는 했으나 들어도 모르고 안 들어도 모르고 모르기는 매 일반인데, 그 시간이 돌아오면 가슴이 설레고, 뭔가 꼭 이룰 것 같은 짜릿한 전율이 온다. 덕분에 시 공부한 시간은 아까운 줄 몰랐다. 아무리 즐겁게 공부했다 하더라도 가사 한 편 건지지 못했다면 이건 창피해서 얼굴을 들지 못할 통탄할 일이다.

23세에 대중가요 작곡을 발표했다. 지금 같으면 10대 가수 안에 들어갈 만한 인기 가수와 신인 가수에게 취입吹入시켰다. 커피 한 잔 사준 적 없이 작사 · 작곡 · 편곡 · 지휘를 어깨너머로 곁눈질하여, 기타 개인지도 · 스탠드바 · 단란주점에서 오르간 독주를 한 프로 음악가라는 자부심이 있었다.

시조로 눈을 돌리다

시조하면 아버지 무릎에서 귀에 익은 시조창은 지루하고 따분해서 쳐다보기도 싫었다. 그런데 시조를 자세히 들여다보니 대중가요와 너무나 흡사해서 깜짝 놀랐다. 시조는 3행에 네 걸음씩이고, 트로트는 4행에 네 걸음씩이다. 시조는 종장이 자수의 제한을 받는데 트로트는 4행이지만, 좀 더 자유롭다. 그래도 한 소절 안의 박자 때문에 그 범위를 크게 벗어나지 않는다. 그래서 시조가 미치도록 좋았다.

시 공부를 안 했을 때에는 내가 작곡한 곡은 가사를 거의 다 썼다. 50여 곡을 취입했고 3절까지 작사作詞 해 놓은 것도 100여 편이 넘는다. 벌써 반백년이 훌쩍 지나가버린 이야기다. 그 당시 열악한 환경 때문에 잠시 접어둔다는 게 그만 세월이 많이 흘러가버렸다.

60대 중반이 지나 시 창작 교실을 노크 하여, 아무리 갈고 닦고 조여봐도 내가 설정한 목표에는 미치지도 못하고 주위만 헛돌아 샛길만

가고 있으니, 누가 봐도 실패한 일인데, 내용을 들여다보면 실상은 그렇지가 않다.

돈도 안 되고 명예도 안 되는 시, 아무리 들여다봐도 안 보이는 시, 그래서 시가 좋다. 그것이 쉽게 오고 아무나 건질 수 있는 것이라면 나 같은 사람한테 차례가 오겠는가. 젊고 머리 좋고 힘세고 날랜 누군가가 다 가져갔을 것이다.

아까운 시간 다 까먹고도 남는 것 하나 없고, 작사 한 편 못썼어도, 시 창작 교실에 앉아 있으면 시간 가는 줄도 모르는 낙원이다. 뱁새가 황새 흉내 내다 가랑이가 찢어져 피를 질질 흘리는 것처럼 나 역시 다시 꿰매고 그리고도 또 흉내 낸다. 그래도 그것이 나에겐 무엇 하고도 바꿀 수 없는 행복이다.

2018년 12월31일

윤형진

목차

2장 / 음악, 옹이진 내 삶의 고운 아이러니

3장 / 문학, 내 삶의 엉킨 실타래를 푸는 마음의 공간

5장 / 내 삶의 저녁의 정원, 그리고... 나의 저녁나절은 행복하다

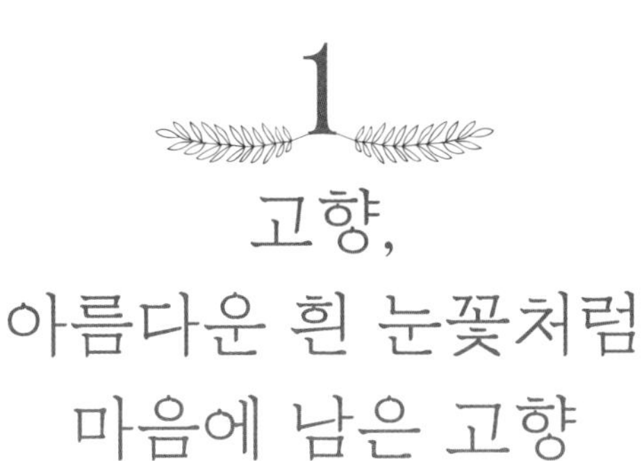

1

고향, 아름다운 흰 눈꽃처럼 마음에 남은 고향

엄마 손을 잡고 가다가 사탕 하나 얻어먹고 가다가

젖 좀 먹고 가다가 등에 업혀 가다가

넘어지면 뒹굴기도 하다가 저녁놀에 끌려갔다

처음이자 마지막이 되어버린 파도를 울타리 삼은

가슴 푸른 청산도

엄마

심심풀이 삼아 바람이나 쐬자는 핑계로, 가까운 문우와 함께 모 백일장에 참여했는데, 시제가 '엄마'였다. "엄마, 엄마" 몇 번을 불러 봐도 엄마라는 소리가 영 낯설었다. 내가 엄마라고 불렀을 때가 있긴 했던가? 단 한 줄도 못쓰고 돌아오면서 '어머니라고 했으면 혹 모를까' 하고 투덜거렸다.

그러면 왜 이런 시제가 나왔을까? 주최 측에서 시제를 준비해 온 것이 아니라, 즉석에서 열 사람을 나오라고 하여 시제를 적어 내도록 하여 거기서 한 명의 시제를 채택했는데 '엄마'였다. 초등부, 중 · 고등부, 대학 · 일반부가 같은 시제였는데 선착순 열 명이라고 하여도 참여한 사람은 초등학생뿐이어서 그렇게 됐다.

아무리 생각을 해 봐도 엄마라고 부르던 기억이 나지 않았다.

그러나 분명히 엄마라고 불렀을 때의 이야기다. 외외가外外家에 갈 때는 나이가 세 살이나 네 살 사이였을 것인데 청산도에서 걸어가는 장면이다. 그 내용으로 시 한 편을 썼다.

❙ *가장 오래된 길*

외외가에 처음 가는 날

엄마 손을 잡고 가다가

사탕 하나 얻어먹고 가다가

젖 좀 먹고 가다가

등에 업혀 가다가

넘어지면 뒹굴기도 하다가

저녁놀에 끌려갔다

처음이자 마지막이 되어버린

파도를 울타리 삼은

가슴 푸른 청산도

송화와 유봉이 아리 아리랑을 부르고 갔던 그 돌담길을, 아무리 귀여운 아들이라도 힘이 달리면 "아가 사탕 하나 줄게 조금만 걸어 가볼래?" 그렇게 달래면, 나는 그것을 얻어먹고 쫄랑쫄랑 가다가 더 걸을 수가 있었음에도(이 부분은 확실히 기억이 난다. 난 그때 다리가 아프지 않았다) 단지 엄마한테 어린 양 하고 싶어서 "나 다리 아파 업

어줘" 그렇게 어머니를 귀찮게 굴었던 모습이 떠오른다. 어머니는 내가 아무리 말썽을 부려도 나무라지 않고 "오냐 오냐" 내 비위를 맞춰주는 통에 나는 버릇없고 싸가지 없는 소심한 어린 시절을 보냈다.

외외가 뒤뜰에 있는 조그만 얕은 우물에 이끼가 수북이 쌓였던 기억 밖에 없다.

청산도에 가려면 읍내까지 20리를 걸어가서 배를 타야 하는데 그때는 신작로도 없고, 고개를 두 개나 넘어야 했다. 도구개재는 꾸불텅꾸불텅 돌아가야 하고, 사정없이 가파르고, 흙은 구경하기도 힘들고, 자갈과 돌멩이뿐이어서 어른도 맨 몸으로 다니기 힘든 길이었다.

가욱재는 한술 더 떴다. V자를 뒤집어놓은 형상이라, 고개를 넘어갈 때는 숨이 컥컥 막히지만 내려갈 때는 내려간다고 마음만 먹고 있어도 저절로 아래까지 데려다 주는 가파른 고개였다.

그런 험한 길을 내가 걸어갔을 리도 없고, 나를 업고 갔을 것이니 그 가파른 고개를 넘었을 어머는 얼마나 힘이 들었을까?

지금도 청산도는 목포행 여객선을 타고 가야 한다. 배 타기는 또 얼마나 위험한가? 아무리 배를 선창에다 바짝 붙인다 하여도 공간이 생기고, 배가 파도를 따라 움직이기 때문에, 배 타고 내리는 일은 항상 긴장의 연속이다.

배를 타면 또 어떤가? 물길을 거스르고 갈 때는 배가 좌우로 심하게 움직이기 때문에 혹 뒤집히지 않을까 덜컹 겁이 나곤 한다. 배 안의 풍경을 보면, 멀미 하는 사람은 '왝왝'거리기 일쑤고, 누워서 자는 사람, 고스톱 치는 사람, 장기 두는 사람, 그저 파도나 멍하니 바라보는 사람, 앉아서 이야기 하는 사람으로 구분된다.

처음 여객선을 타 봤을 것인데 조금도 기억나지 않은 것을 보면, 업혀가다가 잠들었을 것이라고 짐작한다. 그때야 당연히 어머니를 엄마라고 불렀을 것이다. 엄마라고 불렀던 기억, 그 기억이 적어 아쉽다. 어머니를 엄마라고 크게 한 번 불러 본다.

"엄마……"

모내기 하던 날

4살이나 5살쯤이다. 모내기 하는 논으로 달랑달랑 따라갔다. 엄마가 달랜다.

"여기서 모 심고 있을 터이니 놀다 오거라"

"응"

대답은 하는 둥 마는 둥 모래밭으로 내려갔다. 그 논은 길 하나를 끼고 바닷물이 철썩이는 곳이다. 바다로 내려가면 심심하지가 않다. 우선 모래밭으로 간다. 모래를 밟으면 푹석푹석 발이 빠지는 것도 재미있고, 한 줌 꽉 쥐어보다가, 조르르 흘리다가, 휙 뿌려 보다가, 훌쩍 뛰어 보다가, 달리기도 해 보다가, 혼자 걸어가도 누구와 같이 걸어가는 것 같아 기분이 좋다.

한발 더 내려가면 모래와 펄과 자갈이 버무려져 있다. 큰 돌멩이 밑에는 크고 작은 고둥과 게들이 우글우글 숨어 있다. 그것들을 잡아서 고무신에 넣어 가지고 놀다가, 놓아줬다가 다시 잡고, 두 마리를 잡아서 싸움도 한판 시켜보고 발가락도 하나쯤 비틀어도 본다. 조금 더 내려가면 갯지렁이가 있는데 수많은 발이 양쪽에 달려 있어 땅위에서는 느려도 제집에 꼬리만 담그고 있으면 아주 빠르게 숨는다. 한 번 잡아 보고 싶은 아쉬운 마음에 들어간 구멍을 손가락으로 공연히 쑤셔본다. 조금 더 내려가면 펄 밭인데 그곳은 겁이 나서 내려갈 엄두도 내지 못한다. 아무리 융통성이 없는 나도 그럭저럭 시간 가는 줄 모르고 놀 수 있다.

배가 출출해지자 쫄랑쫄랑 엄마한테 가서

"엄마 젖 줘"

이때는 용감하게 큰 소리 친다. 아무런 반응이 없다. 못 들었나 싶어 다시

"엄마 젖 줘"

더 큰 소리 쳐 봐도 묵묵부답이다. 심호흡 한 번 더하고 세 번을 불러도 엄마는 들었는지 못 들었는지 쳐다보지도 않는다.

세상에 내가 젖 주라고 했는데 빨리 나와서 젖을 주지 않다니, 전에는 이런 일이 없었는데, 있을 수 없는 일이 일어났다고 생각하니 서러워서 울고도 싶고, 고함도 치고 싶고, 화가 머리끝까지 치민다. 발을 동동 구르다가, 펄쩍펄쩍 뛰다가, 돌멩이도 한 번 차보다가, 웃옷을 벗어 둘둘 말아 논바닥으로 휙 던져 버렸다.

모 심는 논은 완전한 흙탕물이다. 내 옷이 젖기 시작하더니 차츰 물속으로 가라앉는다. 물에 잠긴 옷을 보니 겁이 덜컥 나고, 잘못했다는 생각이 든다. 엄마가 나를 때려도 울지 않겠다고 다짐을 한다.

얼굴이 붉으락푸르락해 가지고 안절부절 하지 못했다. 젖이고 뭐고 쥐구멍이라도 있으면 들어가 이 장면을 빨리 벗어나고 싶었다. 엄마가 성큼성큼 나와서 아무 말씀도 하지 않고 젖을 준다. 난 젖을 먹으면서도 미안하고 고맙고, 젖을 먹는 둥 마는 둥 새거리가 끝났다.

여러 명이 모를 심어 나갈 때는 똑같이 밸런스를 맞춰야 하기 때문에 일을 중단하고 중간에 빠져 나올 수가 없다는 것을 한 참 후에야 알았다. 자기 몫을 심고 옆 사람을 조금은 도와주지만 한 사람이 빠지면, 그곳을 땜질해야 하기 때문에, 전체가 기다려야 하니 한 번 논에 들어서면 군대생활 같이 행동을 통일해야한다는 것이다.

어머니는 나한테 젖을 주고 싶어서 모심기나 제대로 하셨는지 모르겠다. 모심는 아줌마들이 '저게 커서 사람이나 되겠는가? 저렇게 버릇없는 놈은 생전 처음 본다고 쯧쯧', 혀 차는 소리가 들리는 것 같다.

사교적이지 못한 탓에 엄마 치마폭에서만 살다보니, 얼마나 불편했으면 사탕 하나 주면서 놀다오라고 했을까. 그것 받고서는 용감하게 대문을 나선다. 그러나 갈 곳이 없다. 누구 하고 논다는 말인가? 길 옆 도랑으로 흙이 내려가지 말라고 세워 놓은 돌멩이나 톡톡 밟다가, 하늘 한 번 쳐다보다, 훌쩍훌쩍 몇 번 뛰고 나면 사탕이 다 녹아버린다. 그러면 더 놀 거리가 없다. 그래도 양심은 있었던지 시간을 조금 끌다가 엉거주춤 집으로 들어간다. 내 위로 누나들만 세 명이나 있어서 외동아들이라고 왕자대접을 받고 살았다. 누구도 내 털끝 하나 건드리지 않고 너무 오냐오냐 키워서 자동으로 마마보이가 되었다.

이렇게 엄마한테만 큰소리치고, 우리 집에서만 용감하게 할 말 못 할 말 다하면서, 남 앞에서는 큰소리 한 번 못 치고 움츠리고 사는 소심한 어린이였다.

내 인생의 전환점-밥값 할 무렵

군복을 벗어 놓고 홀가분한 마음으로 대문을 밀쳤다. 농사밖에 모르는 부모님은 순한 마음으로 노인이 되어가고 있었다. 다시 작곡한다고 나서기는 썩 내키지 않았다. 그것으로 먹고 살기는 힘들 것이고 또 늙은 아버지한테 돈을 타 써야 할 터이니 그런 일은 다시 할 수가 없었다. 지금까지 아버지 그늘에서 벗어나지 못했으니 무엇이라도 해서 스스로 자립하기로 결심했다.

큰매부를 찾아 갔다. 매부는 장사 수완이 탁월했다. 영풍리 살 때는 방앗간도 운영했으며 읍내로 이사 와서는 목조건물이지만 2층 집울 구입하여 건재상을 하고, 창고를 지어 연탄을 소매하고, 김장사, 소금장사, 나무장사, 곡식장사 등, 돈 되는 일이면 이것저것 가리지 않고 닥치는 대로 무엇이나 다하는 마당발이었다.

나는 매부의 연탄배달부가 되었다. 나는 끌고 큰누님은 뒤에서 밀었다. 완도에서 온전한 연탄은 보기가 어려웠다. 부산에서 부터 몇 번을 옮겨 실어야 했으니 옮길 때마다 조금씩 부서질 수밖에 없었다. 그것 때문에 연탄을 배달하고 나올 때는 미안한 생각이 들었다. 망가진 것들은 뒤에다 숨기고, 멀쩡한 것만 골라 앞에다 보기 좋게 쌓아 놓고 나오니 꼭 사기 친 것 같이 얼굴이 간지러웠다.

나는 이런 생활이 아무렇지 않은데, 못마땅한 주위의 눈초리에 주눅이 들었다. 먹고 살만 하면서 걸맞게 살아야지 뭣 하는 짓이냐고 모두들 비웃었다. 유명 가수에게 취입시킨 작곡가라는 사람이 고향에 내려와서 연탄 장사를 하는 것도 아니고 남의 배달이나 한다며 안타까워했다. 그러거나 말거나 정작 나 자신은 조금도 부끄럽지도 않고 오히려 당당했다. 앞으로 무슨 일이나 할 수 있고 마음이 추슬러지면 다시 서울로 올라가려고 단단히 마음먹고 있었다.

배에서 연탄을 창고로 그냥 옮길 수 있는 거리에 연탄창고가 있었다. 바닷물이 철썩이고 목포를 드나드는 여객선이, 오며 가며 유행가를 틀어놓아 온 읍내가 노래 속에 파묻혔다. 그 소리는 마치 나를 다시 서울로 올라가라고 부추기는 소리 같기도 했다.

완도읍내는 거의가 비탈길이어서 혼자 배달하기는 어림도 없었다. 누나와 나는 누가 웃거나 말거나 피곤한 줄도 모르고 즐거운 마음으로 연탄 배달을 했다. 한겨울에 연탄 배달할 적엔 웬 콧물이 그렇게 자주 나오는지, 콧물을 닦다 보면 얼굴은 언제나 검정 투성이였다. 나는 누나보고 웃고 누나는 나 보고 웃고, 정작 장본인들은 그런 모양새에는 신경 쓸 여력이 없었다.

5일장이 서면 송지장에 가서 닭을 사다 팔기도 했다. 읍사무소 장場

담당자가 중학 동창이었는데 달랑 닭 몇 마리 놓고 있는 나를 보고도 아무렇지 않은 듯 격려의 말도 해 줬다. 그는 훗날 여당에 입당하여 매립지를 많이 불하 받아 부자가 되었다. 장사를 하다 보니 이익을 남겨야 했다. 수지타산을 맞추려다 보니 지출을 줄이려고 점심도 굶어야 했다.

송지장에서 처갓집 사촌처형을 만났다. 형이 술이라도 한 잔 하자고 하여 식당에 갔으나 배고프다는 말은 차마 못하고 막걸리 한 잔 얻어 마셨다. 그러고 나니 굴풋한 김에 술이 확 올랐다. 이걸로 점심을 대신해야겠다고 생각하니 참 한심한 생각이 들어 몹시 우울했다. 내가 대접해야 했는데 그러면 닭 장사는 적자가 날 것이므로 못 이긴 척 얻어먹고 말았다. 다른 곳에서 만났다면 내가 샀을 것이다.

어느 날 장소팔 쇼단이 왔다. 그 단체를 이끄는 우두머리가 '성일'이었다. 그가 사회를 보았고, 또 쇼단에서 가수로는 제일 유명한 가수였다. 레코딩 할 때 그도 내가 한 곡을 줘 취입 시켰는데 약간 허스키한 목소리 소유자였다. 히트곡은 없어도 무대에서는 알아주는 베테랑이었다. 그와 오랜만에 만나 서울 생활이 궁금한 나머지 반갑게 대화를 나눴다. 나를 삐딱하게 쳐다본 건들거리는 젊은이들이 그것을 봤다. 성일이한테 가서 정말 작곡한 것 맞느냐고 물었으면 그가 제대로 대답했을 것이다. 그래선지 그 후로 그들이 함부로 나를 대하지 않았다. 성일은 무대생활을 오래 해서 그런지 약간은 건방기가 있었다. 연예계로 따진다면 그가 나보다 선배일 터이니 그럴 수도 있었겠지만, 작곡가들은 가수를 어렵지 않게 대하는 편이었다.

연탄만 배달하니 시간이 많았다. 공장에서 옷만 벗으면 수영할 수 있었으니 푸른 파도를 가르면서 생각했다. 앞으로 어떻게 살아 갈 것인가. 무엇을 해야 할 것인가. 하다못해 집에서 농사라도 지어 먹고 살 것인지, 그렇다면 꿩도 길러 보고, 메뚜기도 길러 보고, 바닷물에 고기도 길러 보고, 삼장 들어가 염소도 길러 보겠다는, 이런 생각을 수 없이 했다. 고민에 고민을 더해 봐도 파도는 쉴 새 없이 밀려오지만 내가 갈 길은 잘 보이지 않았다.

여기서 눌러 앉아 기타 개인지도나 할까, 장소도 한 번 둘러보았다. 밥벌이가 될까 그것도 걱정됐다. 콩쿠르 하면 내가 기타 반주를 많이 했으니 노래 좀 하는 사람은 다 나를 인정하는 편이었다. 고민에 고민을 더 했으나 마음은 붕 떠 있으니 서울로 보따리를 쌀 수밖에 없었다. 역시 서울은 살맛나는 곳이었다. 고향에서 연탄 배달한 놈이 무엇이 두렵겠는가. 무엇을 못 하겠는가. 타이어 장사로 자수성가한 가장 믿을 만한 친구의 권유로 타이어 수리를 시작했다. 알기 쉽게 말하면 타이어펑크를 때우기 시작했다. 마치 고향에서 김 할 때 입는 해우돔방이(김 할 때 입은 솜이 많이 들어간 윗도리의 사투리) 같은 옷을 입고 드디어 자리를 잡은 것이, 내 인생의 전환점이었다. 난생 처음 통장에다 돈을 집어넣기 시작했다.

똥을 들쳐보다

사람이나 모든 동물들이 먹은 것을 배설 해 놓은 것이 똥이다. 그것이 뱃속에 있을 때는 없는 듯 조용하다. 억지로 바깥으로 내밀치면 고약한 냄새를 풍기며 본색을 드러낸다. 어디 가도 손사래치고 푸대접받고 쫓겨나기 십상이다. 그래서 그들은 뱃속에서 나오지 않으려고 몸부림친다. 일단 험한 세상으로 뚝 떨어지는 순간부터 살길을 모색해야 한다. 사람들은 한사코 치우려고 기를 쓴다. 막대기도 동원됐다가 똥을 치우고도 '똥친 막대기'로 한통속으로 천대한다.

똥도 전성기가 있었다. 1950년대 중반에는 서울 근교 농민들이 서울까지 들어와서 똥을 퍼 갔다. 똥이 달릴 때는 더러 사 가기도 했는데, 점잖게 "변소 쳐요."라든가, "변 팔아요."라고 소리 지르며 동네를 누비고 다녔다. 그 시절 농가에서는 똥통을 큼지막하게 만들어 놓고 똥오줌도 꼭 자기 집에다 누려고 했었다. 더러는 개똥이나 쇠똥도 주워와 보탰다. 그뿐인가 똥통이 차지 않으면 빗물로 채웠다. 채운 것까지는 좋았으나 배변할 때 문제가 있었다. 똥이 떨어지면 밑에 있던 똥물이 염치도 없이 툭 튀어 올라 엉덩이를 적셨다. 용변 보는 곳에 판

때기를 허술하게 걸쳐놨으니 삐끗하면 빠질 위험이 도사리고 있어 여간 신경 쓰였다.

닭이나 돼지 새끼가 빠지기도 하고, 드물기는 하지만 노루가 빠진 적도 있었다. 더러는 사람이 빠지기도 했다. 똥독이 오르면 고생한다고 하였다. 비료가 귀하던 시절 똥이 비료역할을 톡톡히 했다. 똥이 적당히 삭혀지면 밭농사에 때맞추어 퍼냈다. 이것을 혼자 하는 것은 드물고 품앗이를 하거나 사람을 사서 했다. 아무리 조심한다고 하여도 똥물이 튀기 마련이고 온 집안이 똥냄새로 가득 했다. 그러니 들녘에도 똥냄새가 진동했다.

이런 일화가 있었다. 농사 초년병이 하루 종일 일할 생각을 하니 조금 가볍게 다니려고 똥 장군을 가득 채우지 않고 덜 채웠다. 쾌재를 부르고 밭으로 향하는데 일어설 때까지는 좋았는데 균형이 잡히지 않아 똥물이 앞으로 뒤로 출렁이는 바람에 그 무게가 배가되어 훨씬 힘이 들었다. 다시 가득 채우러 갈 수도 없고 이러지도 저러지도 못하고 속으로만 끙끙거리며 "다음번에는 가득 채우겠습니다. 하느님께 약속합니다." 라고 맹세했다는 일화가 있었다. 똥은 통에 가득 채우면 찰박거리지만 조금 채우면 더 출렁거려 힘이 배로 든다. 얕은꾀는 골탕 먹기 안성맞춤이다.

옛날에는 측간과 처갓집은 멀수록 좋다 했다. 요즘에는 처갓집이 가까워야 애들을 맡기기 쉽고 필요한 것도 이물(체면을 차리거나 눈치 볼 필요가 없다. 전남방언)이 없으니 무엇이나 부담 없이 가져가곤 했다. 측간이 화장실이란 거창한 이름으로 진화하여 드디어 안방까지 쳐들어왔다. 그뿐인가 오줌도 통에 받아 삭혀서 채마밭에 주었다. 배추, 고추, 파, 가지 등에 잘금잘금 주는데 몸에만 묻지 않으면 아주 싱싱하게 잘 자랐다. 몸에 묻으면 그 부분은 꼬시라졌다. 채마밭은 다른 거름 안 주어도 되었다.

아무리 똥이 천대받고 사는 시대에도 사향고양이가 커피 먹고 싼 똥에서 나온 커피 알맹이는 가장 귀한 커피가 된다고 하니 똥이 천한 것만은 아닌 것이다.

쇠똥구리는 소똥을 먹고 산다. 토끼는 자기 똥을 먹는다. 코끼리 새끼는 어미 똥을 먹는다. 소똥은 집 짓는 데 쓰고 땔감으로도 쓴다.

우리는 똥이 더럽다 하면서도 자주 인용한다. 똥 누는 놈 주저앉히기. 똥집. 똥장군. 똥 먹던 강아지는 안 들키고 겨 먹던 강아지만 들킨다. 똥 싼 놈은 달아나고, 방귀뀐 놈만 잡힌다. 이렇듯 우리는 똥 속에서 해어나지 못한다.

이놈은 이름도 참 많다. 뒷간, 통시간, 똥간, 북수간, 똥통, 정방, 작은집, 해우소 등이다.

아무리 훌륭한 사람도, 천하일색 미인도, 뱃속에는 똥이 차 있다. 우리는 살아있는 한 똥한테 자유로울 수 없다. 싫어도 똥 하고 같이 어울릴 수밖에.

가짜 수영

나는 수영도 못하면서 수영을 하는 척 했다. 물속에서 두 팔과 한 쪽 다리로는 수영 흉내를 내고 한 다리로는 그냥 걸어 다녔다. 그러니 깊은 곳엔 못 가고 목이 찬 곳까지만 걸어 들어갔다 나오곤 했는데, 남이 보면 수영한 것처럼 보였을 것이다. 그렇게 몇 년을 사기 수영을 해도 눈치 채는 사람이 없었다. 왜냐하면 수영 못하는 사람이 거의 없었고, 남이야 수영을 하든 말든 아무 상관이 없었기 때문이다.

초등학교 일학년 때 수영 교육을 받았다. 물 위에 엎드려 숨을 멈추고 가만히 있으면 몸이 물 위에 떴다. 그렇게 강습을 받아도 수영하려고 하면 몸이 물속으로 꼬르륵 빠져버려 낙오자가 되었다.

그렇게 몇 년을 잘도 버티었다. 어느 날 무슨 바람이 불었는지 선창까지 가서 수영 도사들 틈에 끼어 옷을 활짝 벗고 같이 놀았다. 누가 보면 나도 수영을 잘하는 줄 알았을 것이다. 그때는 너도 나도 맨 몸이었다.

무슨 배를 선창에 대야 하기 때문에 다들 자리를 옮겨야 했다. 그때 일어나서 옮겨 앉았으면 아무 탈이 없었을 것을, 그것이 싫어서 모두 물속으로 풍덩풍덩 뛰어들었다. 다들 뛰어드니 앞뒤 가리지 못하고 나도 덩달아 뛰어든 거였다. 남들은 훨훨 날갯짓 하고 가는데, 초라한 나만 풍덩 빠져 어푸어푸 짠물을 퍼먹고 있었다. 다행히 누군가 건져 주었다. 정신을 차리고 보니 갑선이었다. 그는 동창생이지만 나보다 6살이나 많았다. 왜 그런 무모한 짓을 했는지 이해가 되지 않았다. 몇 년 동안 가짜 수영한 것이 만천하에 드러나고 말았다.

그런 다음에도 매일 바다에서 살았다. 수영하고 민물에 헹구지 않으면 끈적거렸다. 그날도 매삼추 치문이 형네 둠벙에서 몸을 씻는데 무엇이 발바닥을 자꾸 밀어 올렸다. 이상한 일도 다 있다. 몸이 자꾸 비틀린다. 겨드랑이가 간지럽다. 날개가 돋으려나? 온 몸이 꿈틀거린다. 물속에 몸을 담가 본다. 물이 자꾸 밀어 올린다. 몸이 물위에 뜬다. 손발을 움직이니 수영이 된다. 그 넓은 바다에서는 안 되던 수영이 비좁은 둠벙에서 터지다니, 야호! 세상을 다 얻은 듯 기분이 좋았다. 나도 이제 진짜 수영한다고 소리치고 싶었지만 그것이 대단한 일도 아니고 누구나 다 하는 것을 나만 조금 늦었을 뿐이니 자랑거리도 못 되지 싶어 그만 두었다.

사실 민물은 바닷물보다 몸이 많이 가라앉는다. 바다에서는 고개 들면 몸이 가슴 까지 나오는데, 민물에서는 겨우 목만 나온다. 이런 상황이니 민물에서 수영하기란 훨씬 힘이 든다.

창호 같은 친구는 바다에 드러누워 몇 시간이고 노래를 불렀다. 진

드기도 떼어낼 겸 소와 같이 수영을 했다. 물속으로 끌고 들어가면 배에 물이 닿기도 전에 휭 휘어가버렸다. 사람보다는 몇 배나 빠른 것 같았다. 짐승은 수영 연습을 하지 않아도 수영하게끔 몸이 단련되어 있나 싶었다. 사실일까 실험을 해 보았다. 좀 안 되기는 했어도 눈도 안 뜬 쥐새끼를 물통에다 넣었다. 쥐새끼는 그냥 수영을 해 바깥쪽으로 방향을 잡고 나왔다. 가만히 보니 발만 움직여도 수영이 되었다. 송아지도 바닷물에 끌고 들어가면 철벅철벅 잘 따랐다. 물이 깊어지면 더듬거리다가 에라 모르겠다는 듯 수영을 했다. 연습도 준비 운동도 없이 그냥 잘 휘어갔다. 우리 집 송아지도 처음인데 수영을 했다.

나는 수영을 늦게 배웠지만 소질이 있었던지 스피드가 붙어 동네수영 선수 축에 끼어 연습 경주도 자주했다. 아주 멀리 얼굴이 안 보일 곳까지 휘어 다녔다.

지금도 물을 보면 어릴 때 수영하던 생각이 나고 마음이 따뜻해진다. 물에 빠져 죽지는 않겠다는 자신감이 꽉 차 있다. 가짜 수영하던 그곳에서 진짜 수영을 한 번 하고 싶다.

경계를 넘다

도가 지나치면 경계가 무너진다. 적당히 했으면 그럭저럭 넘어갈 일도 판을 크게 벌려 막다른길에 도달하는 경우를 종종 본다.

초등학교 저학년 때였다. 지금도 원적지로 자리 잡고 있는 집이다. 그 집에서 옥자 용현 용태가 태어났다. 형섭이 형이 해남으로 이사를 가고, 우리가 이사 갈 준비할 때였다. 개를 이삿짐 배로 같이 가면 안 된다고, 다음에 데려갈 요량으로, 늙은 사냥개를 그냥 놔두고 갔다.

이사 가기 전에 집을 손보느라 매일 그 집에서 살다시피 했다. 마땅히 할 일도 없고 심심하던 차에 낮잠 자는 개를 놀려 먹을 생각을 했다. 식구가 이사 가고 없으니 많이 굶었을 터였다.

삶은 고구마를 끈에 묶어 개의 입에 대면 녀석은 귀찮은 듯 게으르게 눈을 뜨고 슬쩍 물려고 한다. 그럴 때 살짝 잡아당기면 이미 고구마는 사정거리를 벗어난다. 그때 일어나 고구마를 쫓아가서 먹으면 될 터인데 그대로 낮잠이다. 다시 또 코앞에다 고구마를 바짝 대면 그냥 입만 벌린다. 그 뒤로는 아예 대꾸를 안 하고 잠만 잔다. 그러면 나도 심심하여 할 일이 없어 답답하다.

그렇게 이틀이 지났다. 삼일 째 되던 날도 고구마 장난을 시작했다. 고구마를 살짝 잡아당기니, 녀석은 기지개를 쭉 켜고 벌떡 일어나 '멍멍' 큰 소리로 짖고 두 발을 내 어깨위에 올려놓는다. 바로 코앞에서 나를 똑 바로 쳐다보면서 더욱 큰 소리로 짖으니 어떻게 할 도리가 없었다. 뒤에서 쫓아오면 도망이라도 가련만 앞길을 막고 있으니 이도 저도 못하고 멍 하니 넋 나간 사람처럼 서 있을 수밖에 없었다. 한참을 그러고 있으니 간이 타서 견딜 수가 없었다. 무슨 수를 내기는 내야 하는데 방법이 떠오르지 않았다. 망설이다가 얼결에 왼손을 살짝 움직이니 컹, 내 왼쪽 어깨를 물었다. 어깨가 잘릴지도 모른다는 생각에 겁이 덜컹 나니 도망갈 용기가 생겼다. 무조건 토방으로 뛰어 올랐다. 그놈이 더욱 큰소리로 짖으며 토방까지 나를 따라 뛰어 올랐다. 마루로 돌아서 큰 방으로 들어가 문을 닫고 나서야 겨우 한숨을 돌렸다. 문고리를 잡고 있어도 가슴은 온통 방망이 질이었다. 설마 방문이야 열고 들어오지 못 하겠지. 조금은 안심이 되었다.

개한테 물리면 물린 개털을 그슬려 참기름에 바르면 낳는다고 했다. 아버지는 성난 개가 조금 누그러지자 개를 다독이면서 털을 깎았다. 다행히 개는 반항하지 않고 가만히 있었다. 알통 있는 곳이 거의 다 떨어져 나가게 생겼다. 수술해야 할 것 같던 상처에 개털을 그슬려 참기름에 개어 발랐다. 상처는 덧나지 않고 거짓말처럼 차츰 나아갔다.

그 뒤부터는 개만 보면 움찔 놀란다. 발발이가 컹 짖어도 겁이 덜컹 난다. 개와 마주 보는 것도 싫고 개가 옆으로 지나가도 기가 죽고 컹컹 짖는 소리만 들어도 가슴이 쿵덕댄다.

그 개는 노련한 사냥개다. 노루도 잘 잡을 만치 민첩하고 영리했다. 그놈도 주인이 없으니 기가 꺾였을 것이고 배도 고팠을 것이지만 무엇보다 마음이 불안했을 터였다. 그 놈이 화가 난 것은 내가 늙은 개를 강아지 대접을 했기 때문이었으리라. 사냥개 대접을 해주지 않고 놀려먹었으니 화가 났을 터. 이틀은 참았으나 3일째는 도저히 못 참고 화가 폭발했을 것이다. 그만 놀리기를 얼마나 기다렸겠는가? 그놈도 나를 심하게, 공격할 뜻은 없었나 보다. 만약 사냥하듯 했다면, 여기저기 급소도 물고 흔들었으면, 내 어깨가 남아나지도 않았을 것이다.

또 내가 도망갈 때 쫓는 시늉만 하고 도망가게 놔두지 않았는가. 나보다 몇 배나 빠른 스피드를 놔두고 방으로 도망가게 했겠는가? 그놈도 겁만 준다는 게 나한테는 나를 죽이려 들게 보였을 것이다. 속으로 내가 그만 하기를 얼마나 참고 기다렸겠는가. 상처 입은 내가 오히려 미안하다.

무엇이든 지나치면 화가 된다. 도가 넘치지 않게 행동할 일이다.

내 고향 대신리

대신리, 내 고향 마을이다. 이름 그대로 완도 전체에서 제일 크다. 맑은 산, 시날, 큰골, 고수골, 중재, 한두골, 맹지동까지 무성한 잡나무로 가득 찬 가파른 산들이 온 마을을 감싸고 있다. 툭 터진 앞 들녘엔 고개 숙인 벼가 황금들판을 펼치고 있다.

농사지으면 좋을 요지에 집을 지어 놨으니 들판은 약간씩이라도 비탈진 밭으로 이루어져 있다. 조금 비탈진 곳에 집을 짓고 평지에 농토를 만들었으면 우리 마을은 부자 마을이 되었을 것이다.

본 마을 몸통엔 140여 호가 뭉쳐 있었다. 맹지동에는 산 밑에 바짝 붙은 6,7가구가 있었다. 그러나 우물이 없어 아낙들이 하루 종일 농사짓고 와서도 물동이로 4,5백 미터쯤 떨어진 도래샘까지 가서 물을 길어 날라야 하는, 먹고 살기 힘든 곳이었다.

한두골도 7,8가구가 있었지만 개울가 동백나무 밑에 우물을 파 물은 흡족했다. 사는 것도 부족 하지는 않을 정도였다.

소세포는 15,6가구가 살았다. 본 마을과 거리도 멀고, 아담한 골짜기를 산이 감싸고 있다. 툭 터진 앞바다를 원을 막아 논으로 사용했다. 가구 수만 조금 많다면 새 마을로 독립해도 좋을 곳이었다. 변두리 치고는 거의가 살만하게 농사도 지었고 소문 안 난 알부자도 더러 있었다.

〈해신〉이란 연속극 덕분에 일약 유명해지면서 시설물 설치하는 데 땅을 가진 사람들은 짭짤한 땅 값을 받기도 했다. 지금은 논이 돼 버렸지만, 본 마을 앞 들녘은 어렸을 적엔 그 곳은 다 갯벌이었다. 여름이면 수영하고, 소 목욕도 시키고 놀았다. 책가방 던져놓기 바쁘게 날마다 바다로 나갔다. 물이 나면 고둥이나 게를 잡고, 망둥어 잡이는 내 전공이라고 할만 큼 좋아했다. 말이 그렇지 남보다 많이 잡지는 못했다.

낚는 방법도 여러 가지다. 배를 타고 낚으면 참 편리했다. 앉아서 낚으니 힘이 안 들고 또 설 걸린 놈도 뱃바닥으로 떨어지니 횡재한 셈이었다. 입이 작은 복어도 미끼만 물고도 뱃바닥에 떨어졌다. 살짝 건드리면 놈은 뽀깍뽀깍 소리를 내고 배가 터지도록 배를 부풀렸다. 사람을 겁주려 들었다. 배를 타지 않으면 볼 수 없는 풍경이었다. 서서 낚을 때는 소세포원 안에서 낚는데 자잘해서 그렇지 꿎대가 질질 끌릴 정도로 많이 낚았다. 너무 작은 것들은 닭이나 돼지 몫이었다.

늦가을에, 팬티만 입고 바닷물 따라 오르며 낚는 맛도 쏠쏠했다. 다 빠졌던 바닷물이 밀물로 돌아서기 시작하면 망둥어가 기지개를 켜면서 꿈틀거렸다(모든 고기들은 이때부터 입질을 시작한다). 김발 사이나, 산죽 사이로 물 따라 오르면서 낚시 드리우면 명태만큼 큰놈이 끔벅 거리며 올라왔다. 찌르륵 끌고 가는 것을 낚아채다 풍덩 떨어뜨리면 참으로 아까웠다. 그놈들은 한사코 커 보였다.

이놈들은 참 멍청하다. 금방 물려서 주둥이가 찢어져도 돌아서서 또 문다. 늦가을 약이 오른 망둥어는 장난도 곧잘 한다. 낚시를 물고 갯벌에 배를 붙이고 있으면 잡아당겨도 꿈쩍도 않는다. 걸린 줄 알고 이리 저리 당겨 보고, 그도 안 되면 첨대로 쑤셔 봐도 꼼짝 않다가 '나 여기 있다' 한 바퀴 휙 돌기도 한다.

망둥어는 정말로 많아서 날마다 낚아도 수량이 줄어들 줄 몰랐다. 이놈을 살짝 말려서 삐득삐득 할 때 구워 먹으면 참 고소하고 맛이 있었다.

쌀이 절대로 부족할 때 꿈이 가득한 평화로운 갯벌을, 가구당 천만원씩 보상금을 주고 원을 막아 버렸다. 우리나라에서 손 꼽힐만한 갯벌이 사라져버렸다.

그 많던 갯지렁이는 다 어디로 갔는가. 낮이고 밤이고 틈만 나면 수영하고, 고기 낚고, 고둥잡고, 게 잡고, 파래, 김, 미역, 매생이 매던 곳이 천지개벽하여 붕어가 휘어 다니고 볏 가마가 쌓여 있다. 내가 미역 감던 그 고향이 아니라 타향 같아 영 낯설다.

멧돼지와 맞서다

중학교 이 학년이던 육이오 때다. 송지장에서 노란 중닭 한 마리 사서 망태기에 담아 메고 집으로 돌아오는 중이었다. 장을 일찍 봐서인지 사람들이 듬성듬성 가고 있었다. 남창까지 한 십 리쯤 걸어가서 나룻배를 타고, 달도에서도 한 오리쯤 걸어가 다시 나룻배를 또 타고, 원동에서 내려 집 까지는 삼십 리를 더 걸어야 하기 때문에 좀 서둘렀다.

휘파람을 불며 신나게 걸어가다 문득 우측을 보니 집채만 한 멧돼지 한 마리가 귀신같은 형용을 하고 내 앞으로 슬금슬금 걸어오는 것이었다. 너무도 놀라서 옆에 사람이 있나 보았다. 앞사람은 이미 멀리 갔고 뒷사람은 보이지 않았다. 이 밝은 대낮에 그 많던 장꾼들은 다 어디 가고 나 혼자 멧돼지와 맞섰다. 논바닥에서 뒹굴었는지 검은 털이 허옇게 물들어 더 으스스 하게 보였다. 소리쳐도 소용이 없고 도망갈 수도 없어 차라리 눈을 감고 말았다. 머릿속으로는 온갖 상상이 떠올랐다.

멧돼지는 힘이 세고, 빠르며, 영리하고, 후각이 발달하여 포수의 화약 냄새를 십 리 밖에서 맡는다는 소리도 들은 터였다. 나는 무서움을 많이 타서 늘 다니던 길도 나뭇가지 하나만 꺾어졌어도 다른 길로 다녔다.

이놈이 논에 내려오면 나락을 훑어 먹는 건 고사하고 논바닥에서 뒹굴어 버리면 볏짚도 못 쓰게 되고 농사도 망친다. 산에는 먹 감을 곳이 없기 때문이리라.

그때는 고구마로 더러 끼니를 때운 시절이라 너도나도 많이들 심었다. 산가에 있는 밭은 움막을 지어 놓고 밤새 양재기를 두드리거나, 피리를 불거나, 요즘 서울 근교에 가면 까치 지키는 배나무에 매달린 방울 같은 것들로 고구마 밭을 지켰다.

이놈들은 배 타고 가도 삼십 분 쯤 걸리는 청산도를 왔다 갔다 한다고 수영 실력에 감탄하기도 하였다.

어느 날 대낮에 앞 바다에서 우리 마을로 오던 멧돼지를 배를 타고 가서 잡은 것을 보았다. 사람들이 가까이 다가가니 공격한답시고 배로 뛰어오르려고 꽥꽥 고함을 지르고 뒤집어 버리겠다는 듯이 주둥이로 배를 받아 보지만 언감생심 물속에서 힘을 못 쓰고 몽둥이 세례에 못 견뎌 잡히는 것도 보았다.

그뿐인가 옆집 현철이가, 올무를 놔 멧돼지를 잡아, 고기를 얻어먹어 봤는데, 고기가 집돼지보다 기름기가 적고 사근사근하기도 했다.

완도에서 제일 높은 심봉산을 오를 때다. 초등학교 저학년 때였다.

무엇 하러 갔는지는 기억이 없다. 한참 오르다 보니 산속에 콩나무가 드문드문 꽂혀 있었다. 따라가 보니 멧돼지를 덫으로 유인하는 미끼였다. 이렇게 사람들은 멧돼지를 잡으려고 혈안이었다.

탕! 탕! 탕! 총소리에 깜짝 놀라 눈을 떴다. 다행이었다. 멧돼지는 나를 건드리지도 않고 그냥 길을 건너가다가 총탄 세례를 받은 것이었다. 어디서 나타났는지 순경이 엎드려 총을 쏘고 있었다. 거리가 너무 가까워 공격해 오면 어쩌나 마음을 조였는데 멧돼지는 그럴 생각은 없는지 그냥 달아났다. 탕! 한 방 맞으면 빙 한 바퀴 돌고 뛰어가고, 탕! 한방 맞으면 빙 한 바퀴 돌고 뛰어가고, 불사신 같이 맞아 봤자 한 바퀴 돌면 그만이었다. 그러나 가랑비에도 옷이 젖는다고, 속도는 점점 느려지고 있었다. 카빈총이기 때문이었을까. 엠원 총이었으면 몇 방이면 끝이 났을 것이라고 혼자 중얼거렸다.

절뚝이며 멧돼지가 산에 오르기 시작하니 총소리도 끝났다. 얼마 못 가서 쓰러진다는 것을 포수, 아니 순경은 알고 있었나 보다. 비틀대면서 산꼭대기 까지 거의 다 올라갔다. 거기는 이미 청년들이 올라가 기다리고 있었다.

앗! 절뚝거리던 멧돼지가 갑자기 비호처럼 사람들한테 돌진하는 것이었다. 저걸 어쩌나 큰일 났다고 입도 못 다물고 안절부절 못하고 있었다. 다행히 이삼 미터 앞에서 푹 쓰러져 버렸다. 가생기 때문이었다. 오랜 병고에 시달리던 사람이 갑자기 일어나 세수도 하고 옷도 갈

아입고, 회생할 듯하다 눈을 감듯, 촛불이 꺼질 때 더욱 빛을 발하는 것과 같았다.

멧돼지도 사람들도 새끼손가락만 하게 보이는데 장정 네 명이 쩔쩔 메고 오는 것을 보고서야 안도의 한숨을 내쉬었다.

밤栗밭

중재밭, 산밭, 묏둥밭, 비탈밭, 진흙밭, 다양한 이름을 가진 밭이었다. 사실 농사깨나 짓는 사람들은 이런 밭을 거의 경작하지 않는다. 우선 거리가 멀고, 그늘이 빨리 지고, 길이 시원치 않고, 박토여서 곡식이 잘 자라지 않기 때문이다. 그뿐인가, 꿩, 노루, 멧돼지가 마음 놓고 제집 드나들 듯 내려온 길목이기 때문이다. 그러니 그런 밭을 벌이고 있으면 사람까지 얕잡아본다. 가난한 사람들이 근근이 벌어먹는 밭이기 때문이다.

그런데 그 밭에서 나온 고구마는 그런 마음을 불식 시키고도 남았다. 고구마라고 하기보다는 차라리 밤톨이라고 해야 할 정도로 때글때글하고, 포글거렸다.

우리 텃밭 고구마는 볼품없이 크기만 하고 물컹물컹 물고구마뿐이었다. 고구마로만 따진다면 하늘과 땅 차이였다. 그러니 그 고구마 한 번 얻어먹고 나서는 그 맛을 잊지 못한 것은 당연했다.

그 밭 임자 김 씨가 우리가 그 밭 고구마에 홀딱 반한 것을 눈치 채고 우리에게 밭을 사달라고 사정했다. 꼭 사고 싶지는 않았지만 고구마 맛 때문에 아내가 벌어 독에 담아둔 쌀을 팔아 밭을 샀다. 원래 값이 나가지 않는 밭이라 그저 줍다시피 했다. 아내는 이 밭을 자기가 벌어서 샀다고 했다. 사실이었다.

그 밭은 아내가 김을 주워서 산 것이라 애착이 간다고 하였다. 그래서 그러는지 고향 땅 다 팔아먹고 서울 사람 된 지가 아내도 반백년이 넘었지만, 원 막은 데다 진흙을 팔아먹어 밭에 흙이 없으니 농토로도 사용도 못하고 묵은 밭이 되어 아직까지 고독하게 고향을 지키고 있다.

힘이 좋으면 김발을 막아 돈을 많이 벌었다. 김을 할 철에는 완도에서는 강아지도 오만 원짜리 물고 다닌다고 소문 나 있었다. 아내는 남이 뜯다가 떨어진 찌꺼기가 떠다니면 뜰채로 떠다가 김을 만들었다. 참 자존심 상하는 일이었다. 그러나 둥둥 떠다니는 김은 바로 돈이였다. 그러나 잘 말려 놓아도 상품 가치가 떨어졌다. 색깔과 모양이 일정해야 할 터인데 이것저것 다 긁어모았으니 잡탕이 되어 제 색깔을 내기 어려웠다. 그러니 김이라고 100장씩 묶어 팔기에는 한계가 있었다.

편법으로 그것을 4,50장씩 묶어 해남까지 가서 쌀 한 그릇하고 바꾸었다. 김을 파는 일도 어려웠지만 그것을 문전걸식하듯 다 팔아도 쌀을 계속 이고 다녀야 했기 때문에 팔리면 팔릴수록 몸은 더 고달팠다.

김이 쌀로 바뀌면 별도의 쌀독에다 담았다. 어렵게 번 쌀이라 가치

있게 쓰기 위해 잘 보관해 두었다. 김을 주울 때도 눈치 보고, 팔 때도 자존심이 상했지만 그것으로 밭을 사고 나니 기분이 좋다고 했다.

나는 논이고 밭이고 솔래솔래 자꾸 팔아먹는데 아내가 고향을 지키며 밭을 산 것은 천만다행이었다. 진흙 밭은 물기가 있으면 힘이 다 빠져 흐느적거려도 물기만 마르면 시멘트처럼 단단해지는 고집이 있다. 조를 심어도 조 모가지가 단단하다. 곡식이란 땅의 성질을 따라가나 보다. 아니나 다를까, 그 밭에 고구마를 심었더니 바로 밤이었다. 진흙 밭을 뚫느라 얼마나 힘을 썼는지 생김새도 때글때글했다.

밤톨 같은 고구마를 입에 쏙 넣으며, 생각하느니 다부진 아내 닮았구나 싶다. 허우대만 멀쩡해서 싱겁기 그지없는 난 물고구마로 살아온 것 같다. 고구마를 먹으며 아내에게 미안하다.

소 기르기

눈독 드려 점 찍어둔 어미 소를 드디어 샀다. 송아지 때부터 자라는 과정을 쭉 봐 왔다. 송아지가 어미젖을 떼고 오면 낯설어서 그런지 젖살이 빠져서 그런지 꾀죄죄해지고 까칠했다. 털에 윤기가 나지 않고 희비덕덕 하얀색에 가까워 털 색깔로만 본다면 밉상이었다. 그것을 만회라도 하려는 듯 입은 걸어 아무거나 잘 먹어 배가 빵빵하였다.

귀하게 기르지 않고 함부로 내돌렸다. 개울이면 개울, 묘지면 묘지, 논둑이나 밭둑이나, 산에다 밀어 넣어도 산도 잘 탔다. 뿔도 우측으로 나가다가 앞으로 수그려 보기 좋은 모습을 갖추었다. 쟁기질도 잘하고, 새끼도 잘 길렀다. 뿔싸움을 못하면 같이 풀을 뜯다가도 맛있는 것을 다 못 먹고 쫓겨 갈 수밖에 없는데, 뿔싸움도 잘하였다. 또 체대는 약간 작은 편이었지만 모든 면에서 만점짜리라 흠 잡을 데가 없었다. 더구나 큰 장점은 생식을 하는 것이었다. 모내기철에는 모든 소들은 쇠죽에 콩 · 보리 등을 넣어 특식을 주는데, 이놈은 삶은 것은 아예 먹지를 않으니 그런 특식은 못 먹어 보지만 기르는 입장에선 무척 수월하였다. 겨울에도 먹이를 썰지도 않고 그냥 주면 되었다.

여물을 썰려면 한 사람은 여물을 먹이고 한 사람은 작두질을 했다. 흔하지는 않지만 더러 손가락을 작두에 잘리는 사람이 종종 나왔다.

떠다준 물은 잘 안 먹기 때문에 물이 고인 논이나 개울에 가서 하루에 한 번 물만 먹이면 되었다. 그러니 게으른 사람이 기르기에는 안성맞춤이었다.

농촌에서는 소가 재산이라 큰돈을 쓸 일이 아니면 소를 팔지 않기 때문에 그 소가 나오기를 기다린 사람이 한둘이 아니었다. 다행히 집안 어른 댁이어서 짭짤한 값을 치루고 간신히 우리 차지가 되었다.

한 마을에 살다 보니 집으로 돌아올 적에는 전에 살던 집으로 자꾸 들어갔다. 왜 그렇지 않겠는가. 어미젖을 떼고 와서 어미가 되도록 살았으니 살던 집이 익숙한 것은 당연했다.

집으로 돌아오는 큰 길이 네 개 있었다. 큰골 쪽에서 오는 길, 한두골 쪽에서 오는 길, 연너깨에서 오는 길, 집 앞 샘 길에서 오는 길이었다. 모처럼 한 번 오다 보면 헷갈리곤 했다.

소는 길눈이 밝은 편이다. 한번이라도 간 길은 신통하게도 거의 다 기억한다. 설령 기억을 못한다고 하더라도 좌로 가려면 고삐를 살짝 두드리고, 우측이면 살짝 잡아당기면 되는 것이다. 이것은 쟁기질 할 때도 마찬가지다. 곧 새 둥지에 익숙해지고 순응한다.

우리 마을은 소를 산에 놓아길렀다. 한두골, 고수골, 큰골, 시날, 탱주재, 이렇게 돌아가면서 놓아기를 산이 많았다.

대부분 초등학생인 우리는 산에다 소를 몰아넣고 오후 내내 묘지에서 놀았다. 씨름, 장기, 고니, 공기놀이, 벌선놀이도 하였다. 공기놀이는 남녀 간 대결도 더러 하였는데 남자 대표로 나와 계완이가 나가면 여자 애들하고 막상막하였다. 나는 손가락이 또래 애들보다 길어서 돌을 많이 손등에 실을 수 있어 통쾌하고 재미가 있었다.

또 가장 신나는 놀이는 일도마였다. 그것은 일명 벌선놀이였다. 죽은 사람은 손을 옆으로 뻗어 벌서듯 서로 잡고 있다가 삼루를 돌아오면 벌 선 사람을 살리는 게임이었다. 얼핏 보면 지금 야구하고 비슷한 점이 많다. 투수가 공을 던지면 그것을 주먹으로 때리고 일루 이루 삼루를 돌아오는데 그 사람이 벌 선 사람을 살려내는 게임이었다. 우리는 소를 먹이러 가는 것이 아니라 놀이를 하러간 셈이었다. 우리에겐 소 먹이는 것은 덤이요 노는 것이 목적 같았다. 그러니 산 잘 타는 소를 기른다는 것은 바로 행운을 잡은 것이었다.

산을 잘 타지 못한 소는 숲속에 머리를 처박고 잠만 잤다. 섬에서 자라지 않고 송지장 부근에서 자란 소는 칙칙한 산에 놓아두면 어찌 할 바를 모르고 그냥 잠만 잤다. 먹이가 다르고 훤한 곳에서 잔디만 먹던 소들은 산속을 잘 다니지도 못하고 넝쿨은 잘 먹지 않았다.

지금도 눈 감으면 소야 먹든 말든 땀을 뻘뻘 흘리면서 뛰어 놀던 어린 날의 모습이 아른 거린다.

역전 -이웃집 소들

우리 동네 소들의 먹음새, 쟁기질, 살집, 싸움의 실력을 대강 알고 있었다. 초등학생들은 누구나 다 소를 먹이는 목동이었기에 그것이 가능했다. 오후면 주로 큰골이나 고수골, 시날 등에서 산에다 소를 놓고 묏등에서 놀이를 하며 놀았었다.

그날 특이한 일이 벌어진 것도 시날 산 가 묵정밭이었다. 모든 소들이 부지런히 풀을 뜯고 있었다. 조금 있으면 고삐를 목에 감아 산으로 몰아넣을 참이었다. 무심히 보니, 형용이네 소가 공격 자세로 대가리를 푹 숙이고 기회를 노리고 있었다. 마치 포수가 검지로 방아쇠를 감고 있는 형국이었다. 어느 소를 공격하려나, 그 앞에는 민철네 소가 눈치도 못 채고 열심히 풀을 뜯고 있었다. 나는 민철네 소가 형용이네 소한테 이긴다는 것을 알고 있었기에 그런 일이 벌어질 줄 짐작도 못 하였다. 그런데 내 예상을 뒤엎고 사건이 터지고 말았다. 기세를 잡은 형용이네 소가 비호 같이 쫓아가서 민철네 소를 들이 받는 것이었다. 얼결에 일격을 당한 민철네 소는 반격할 틈도 없이 꼬리를 내리고 도망가는 것이었다.

소나, 개는 한 번 꼬리 내리면 두 번 다시 기를 펴지 못한다. 다리에 힘이 빠져 힘을 못 쓰는지 맥이 풀어지기 일쑤다. 소들은 풀을 뜯으면서도 주위를 힐끗 거린다. 이기고 지는 것을 서로 알기에 지는 소가 미리 피하기 마련인데 이런 일이 벌어진 것이었다. 이번 일은 '한 번 형님은 영원한 형님'이란 말이 무색하게 돼버렸다. 가만히 생각해 보니 민철네 소는 형용이네 소가 자기 콧김에도 도망가는 소였기에 신경을 쓰지 않고 무방비 상태로 있다가 허점이 노출 돼 전세가 역전 되고 말았다.

이런 일은 좀처럼 일어나는 일이 아니다. 옆집 민철네 소는 체대는 크나 살집이 없는 편이다. 아니 바빠서 살찔 틈이 없었다. 노란 털이지만 흰빛을 띠고 있었다. 뿔은 앞을 향하여 구부러져 있었다. 그런 뿔을 먼 산 뿔이라 하였다. 강한 인상은 아니나 산도 잘 탔다. 쟁기질은 우리 마을뿐 아니고 읍내에서 제일 많이 했다. 그럴 수밖에 없는 것이 농사를 제일 많이 짓기 때문이다. 또 동네에서 유일한 연자방아를 돌려야 하기 때문에 다른 소들은 다 쉬는 시간에도 힘들게 일을 했다. 연자방아는 계속 옆으로만 돌기 때문에 보기에 답답하고, 힘들어 보였다. 그러니 모내기가 끝나면 걸음을 잘 못 걷고 절뚝이며 다니기 일쑤였다. 모내기철에는 아무리 비가 많이 와도 논바닥을 갈아 엎어 놓지 않으면 물이 다 빠져버렸다. 그러니 어느 집이나 무리를 해서 일을 시키기 때문에 쟁기질 할 줄 아는 소는 거의 다 지칠 대로 지쳐있었다. 입맛 잃은 소한테 곡식을 삶아서 여물에 섞어 먹이는 것이었다. 피곤한 소는 그런 특식도 잘 먹지 못하였다. 앞집 형용이네 소는 키는 작달막하지만 살집이 있어 오동포동하고 뿔이 V자 모양이었다. 하나가 빠져 새로 돋아나기는 했으나 짝짝이라 균형이 흐트러져 보였다. 산은 잘 타지 않았으나 묘지나 개울가의 넝쿨들을 너무나 알뜰하게 잘 먹기 때문에 굳이 산에다 놓아먹일 필요도 없었다.

겨울에는 또 생식을 하였다. 삶은 여물을 안 먹는 소만 생식을 시키고 나머지는 다 화식火食식을 시켰다. 보통 방에다 불을 때야 하기 때문에 쇠죽 쓰는 일은 일거양득이었다. 훗날 그 소가 늙어 사촌형이 길렀는데 화식도 잘 하였다. 그 소는 말년에 농우 대접을 받았다.

어느 날 보니 민철네 소가 형용이네 소를 또 이기는 것을 보았다. 싸움하는 것은 못 보았으나 시늉만 해도 도망가는 것을 보고 알았다. 앞뒷집 소가 항시 아옹다옹하는 꼴이었다. 뒷집 석훈이 형 소는 산도 잘 탔다. 성질도 급하고 털이 붉은 빛을 띠고 둥글둥글한 몸통하며 투우의 모습과 비슷하게 생겼다. 성질도 급하여 자갈밭도 달려갈 정도였다. 집 앞 수렁논을 잘도 갈았다. 아무리 쟁기질 잘하는 소라도 수렁논에 넣어 놓으면 쟁기를 이기지도 못 하는데, 정말 그 소는 천하장사감이었다.

70여 년이 지난 지금 우리 소도 아니고 남의 소가 눈에 선한 것은 그만큼 그 소들이 개성이 강했다는 소리다.

소에게 뱀 먹이기

돈이 아쉬우면 아버지는 토실토실한 소를 팔고 바짝 말라 비실거리는 소를 사 오셨다. 크기는 비슷하지만 여위고 살찐 것의 차이는 엄청났다. 그 우수리를 가지고 쪼들리는 살림을 해결하셨다.

그러니 소 엉덩이에 살이 붙으면 그것이 곧 돈이었다. 여윈 소는 입맛을 잃어 잘 먹지 않았다. 며칠을 먹여 봐도 생기 찾기가 어렵겠다는 생각이 드셨는지 아버지는, 화사 한 마리 잡아와서 먹여 보자고 하셨다. 아 싫어! 도망가고 싶지만 그럴 수도 없었다. 어떻게 먹인다는 말인가. 보아하니 풀에다 뱀을 싸서 먹일 요량이었다.

난 코뚜레만 잡고 아예 눈을 감고 있었다. 아버지 혼자 애를 썼다. 다 먹였다는 소리를 아무리 기다려도 감감 무소식이었다. 갑갑하여 눈을 살며시 떠 봤다. 뱀은 그대로 있고, 아버지는 소의 아가리를 벌리지도 못하고 계셨다. 코뚜레는 내가 잡고, 아버지는 소의 입을 벌리기 위해 아무리 애써도 안 되자, 아래턱에 새끼를 넣고 이번에야 하면서 잡아당겨 봤다. 그럼에도 소는 죽으면 죽었지 입은 벌리지 않았다. 아버지와 내가 한참을 실랑이를 쳐봐도 소용없었다. 힘으로는 소를 이길 수가 없다고 판단하신 아버지는 그만 포기 하고 말았다. 쯧쯧! 화사 네댓 마리만 먹으면 입맛이 돌아올 것인데 되게 아쉬워하였다.

입을 벌리면 풀에 싼 화사를 입에 넣을 요량으로 들고 있었다. 매끄러운 뱀이 빠져 나와 내 손에 자꾸 엉켰다. 그러다 보니 나도 모르게 너무 익숙해져서 뱀이 징그러운 줄도 모르게 되었다. 부자父子가 작당을 해도 뱀 한 마리 못 먹이다니 창피한 생각이 들었다.

차라리 내가 혼자 먹여볼까 궁리를 했다. 머리를 스쳐가는 좋은 생각 하나가 떠올랐다. 보리 모가지가 소매에 들어가면 그걸 빼려고 흔들면 계속 들어가고 나오지 않았다. 또 뱀이 구멍에 들어가는 것을 꼬리를 잡아당기면 몸통이 떨어져도 안 나온 것도 보았다. 그래 그 수를 써봐야겠다고 생각했다. 나는 용기를 내어 뱀 대가리를 잡고 소 어금니 있는 곳에 갖다 댔다. 진저리를 치면서 혓바닥으로 밀어 내느라 자동으로 입을 벌렸다. 그때 잽싸게 대가리를 입에 넣고 꼬리를 들고 있으면 스르륵 들어갔다. 아무리 혀로 밀어내려고 애를 써도 뱀은 입 속으로 잘만 들어갔다. 일단 입에 들어가면 씹기 시작했다. 뱉지 못 하게 지키기만 하면 되었다. 야호! 나 혼자 뱀을 먹였다.

아버지도 깜짝 놀라셨다. 힘으로 안 되는 일도 머리로 되는 수가 있다고 감탄하셨다. 소가 뱀을 잡아먹지는 않겠지만 삐쩍 마른 소가 뱀을 먹고 나면 생기가 돌아 풀을 잘 먹고 살이 오른다고 했다. 풀만 먹은 짐승이라 동물성을 섭취하니 마치 보약 먹은 셈이 되었나 싶었다.

여러 마리의 뱀을 혼자 잡아서 먹이고 나니 그 뒤부터는 저항을 악착같이 하지 않고 내 뜻을 잘 따랐다.

그때부터 나는 뱀 전문가가 된 듯 뱀하고 친해졌다. 그놈을 잡으면 목에 걸고 다니기도 하면서 까불고 만용을 부렸다. 따지고 보면 뱀은 죽은 것은 안 먹고 이슬만 먹고 사니 사실은 깨끗한 동물이다. 독사나 살무사는 맹독이 있어서 물리면 큰일 나지만 화사는 독이 없어 물지도 않고 또 물려 봤자 물리나 마나다.

그 소는 거짓말 같이 포동포동 살이 쪄 갔다. 천하장사가 온다고 하여도 소 입 하나 벌리지 못할 터인데 초등학생이 소 입을 자유자재로 벌리는 원리를 터득했다는 것에 자부심을 느꼈다. 나는 소만 보면 기분이 좋고 우리 소 남의 소 가리지 않고 풀 잘 먹고 쟁기질 잘하고 싸움 잘하는 소를 좋아했다.

면회와 맞선

고향에서는 선보러 가는 것을 면회 간다고 하였다. 내가 총각일 적에 결혼은 거의가 중매로 이루어졌다. 같은 동리에 사는 남녀라면 모를까, 서로 다른 마을에 산다면 어떻게 두 남녀가 만나서 무슨 수로 연애할 수 있겠는가.

23살 때 선보러 갔다. 신붓감은 20살이었다. 아버지와 처녀 아버지가 당인리 덤장에 고기 사러 갔다가 중매가 성사 되었다. 설레는 마음으로 처녀 집에서 처음 만났다. 면회를 한 것이다.

큰 방에서 단 둘이 대화를 나누는데 처녀와 거리 두기가 만만치 않았다. 너무 가까이 가기도 용기가 나지 않고, 너무 멀리 앉을 수도 없는 노릇이었다.

무슨 말을 했는지 거의 기억나지 않는다. 나이와 이름은 물었을 리 없고 일방적으로 내가 질문하고 그녀는 대답하는 형태인데 한쪽 귀퉁이에서 모기 소리 같은 목소리로 대답을 제대로 하지 않았다. 참으로 어색하기 짝이 없었다. 지금 같으면 커피라도 한 잔씩 마셨으면 무척 부드럽게 진행됐을지 모를 일이었다.

구석에 쪼그리고 앉아 고개를 숙이고 있으니 얼굴 보기는 물 건너 갔고, 결론을 내리고 끝내야겠다는 생각이 들었다. 내가 아무리 물어도 대답을 하지 않자, 부엌에서 엿듣고 있던 친척이 특유의 큰 목소리로 '그렇게 하마라고 대답하게'하고 훈수하였다. 아마 '부모님 잘 모시고 잘 살자'라는 소리였지 싶다.

사실 중매쟁이는 없었어도, 어머니는 우리 마을에서 그 마을로 시집 간 보현이 고모한테 아가씨 마음씨와 건강 상태, 교우관계, 성격, 일하는 능력, 다 물어보고 흠 잡을 데 없는 신붓감이라고 합격점을 준 상태였다. 나만 승낙하면 결혼은 순탄하게 이루어질 참이었다.

얼굴도 좀 보고 싶고 키는 얼마나 큰지 자태도 보고 싶었지만, 말만 면회지 얼굴 보기는 고사하고 목소리도 제대로 못 듣고 끝나고 말았다. 무슨 계획이나 꿈같은 것은 말도 못 했다.

면회하는 방법은 스스로 해결해야지 공식이나 순서가 없다. 아무도 본 사람이 없고, 물어봐도 뾰족이 대답할 만한 이야기 거리도 자료도 없다. 면회가 끝나면 며칠 내로 신부 집에 결혼을 성사 시킬 것이냐 말 것이냐 일방적으로 통보한다. 신부 댁은 신랑 측 하자는 대로 따라갈 뿐이다

혹자는 말한다. 그것이 맞선이지 무슨 면회냐고 항변 할 수 있다. 맞선이란 갑을이 동등한 자격으로 마주앉아서 서로 쳐다보며 자기 의사를 전달하고, 갑을이 예스 노를 표현할 동등한 권리가 있다. 반면

면회는 갑의 일방적인 결정으로 성립되고 을은 그대로 따르기만 하면 되는 것이다. 면회 하고 여자가 퇴짜 맞으면 실연당한 사람 취급 받는다. 그러니 결혼을 하고나서도 신부는 싫어도 그냥 꾹 참고 살 수밖에 없는 시절이었다.

신부 집 마당에서 구식 결혼식을 올렸다. 사모관대가 너무 낡아서 조심조심 짜깁기하듯 맞추어 썼다. 수많은 선배들의 체취가 고스란히 남아 있는 것 같아 새 것보다 애틋한 정이 갔다.

자기 의사는 꼭꼭 숨기고 시키는 대로 잘만 따르던 아내가 60년을 같이 살고 나더니 이제는 양보는 고사하고 내 꼭대기에 올라 앉아 자기주장만 앞세우고 나를 시키려 든다. 갑의 약발이 다 떨어진 모양이다. 그래도 나는 아직 갑질하고 싶은데.

벼락치기

추석 무렵이면 마음이 푸짐했다. 감이 불그레 익어가고 벼나 수수와 같은 곡식들이 여물드니 어찌 기쁘지 않았겠는가? 송편 먹는 기쁨도 기쁨이지만 그 보다는〈신파〉(연극, 코미디, 노래)를 하기 때문에 온 동네가 들떠 있었다. 큰 동네에 라디오 한 대밖에 없으니 들려오는 소리라고는 바람소리, 바닷물 철썩이는 소리, 새들의 노랫소리 외에는 들을 것이 없었다. 그러니 어른이고 어린이고〈신파〉구경할 날을 손꼽아 기다릴 수밖에 없었다.

우리 마을 사람뿐이 아니고 이웃마을 사람들도 구경을 많이 왔었다. 우리 마을 연극은 수준이 높다고 정평이 나 있었다.

어느 해 대구미에서〈신파〉하는 걸 구경 갔었는데, 개수라는 후배는 지금 같으면 개그맨으로 나가도 끼를 발휘하고도 남을 만 했다. 농사짓고 살기에는 참 아깝다는 생각이 들었다.

화홍리, 화개리, 정도리와 사정리는 이런 행사를 했는지 안했는지 모르겠고, 설령 했다고 하더라도 수준이 의심스러워 구경 가지 안했을 것이다. 중도리는 구경 갔었다. 우리 고모가 사는 마을이라 친근감이 있었다. 사촌인 상준이 형이 조연급으로 출연하여 코믹한 연기가 괜찮아 보였다. 캄캄한 밤에 십 리가 더 된 길을 돌아올 때도 지루한 줄 몰랐다. 그런 연극을 하려면 감독이 있어야 할 텐데 농사짓는 사람들 틈에 그런 끼가 있는 사람이 하나씩은 있었나 보다. 참 다행한 일이었다.

그 해에는 내가 할 일이 없었다. 삼년 후배인 경호가 스스로 기타를 독습獨習 했는데 악보는 모르지만 아는 곡은 감칠맛 나게 잘 쳤다. 씨도둑은 못 한다더니 하고 속으로 감탄했다. 이제는 기타 맨 자리를 물려줄 때가 되었구나 생각했다.

경호 삼촌은 노래도 잘하고, 소설책도 연극용으로 각색도 잘하고, 연극 지도도 참 탁월하게 잘했다. 영화감독도 시켜주면 할 수 있는, 만능 예술인이었다. 또 그의 누나는 나와 동창인데 초등학교 졸업식 날 우리는 노래를 한 곡씩 불렀다. 그녀가 부른 노래는 처음 들어본 곡이었다. 얼마나 구성지게 잘 불렀는지 지금까지 그렇게 감동을 주는 노래는 들어 본 적이 없다.

형석기 작곡 〈대한팔경〉이었다. 훗날 내가 레코드 문예부 일을 볼 적에 다들 떨떠름하게 생각해도 경음악으로 제작할 예정으로 작곡료를 지불하고 그 곡을 샀었다.

이번 신파를 잘 할 수 있는 방법이 없을까 고민하고 있었는데 귀가 번쩍 뜨이는 소리가 들렸다. 화홍리(이 마을은 김대중 전 대통령이 장가든 마을이고, 또 세계적인 골퍼 김경주의 생가가 있다.) 가면 아코디언을 연주한 사람이 있다는 것이다. 일본에서 나올 때 가져 왔다 했다.

'우리 반주 좀 해 달라고 부탁' 하니 '그냥 갖고 가서 하라'는 것이다. 어떻게 한다는 말인가, 시범이나 좀 보여줬으면 했는데 그럴 생각이 없는 듯 했다. 마음이 변하기 전에 악기를 들고 나왔다.

집에다 갖다 놓고 어찌 할까 고민에 빠졌다. 행사 날은 삼 일밖에 안 남았는데 답답하고 막막하기만 했다. 먹을 것을 담아두고 원숭이의 능력을 테스트 하는 것을 TV에서 보았다. 그 놈은 이리 저리 돌려보고 두드려도 보고 뒤집어도 봤다. 그냥 생각나는 대로 해보는 것이었다. 그러다 용케 먹을 것을 꺼내 먹는 것을 봤다. 그 원숭이는 쾌재를 불렀을까?

나도 그 원숭이처럼 아코디언을 놓고 이리저리 당겨보고 눌러보고 그렇게 하다 보니 소리를 낼 수 있었다. 더듬거리긴 해도 노래가 되었다. 나는 삼 일만에 아코디언을 메고 무대에서 반주하는 기염을 토했다. 말은 그렇지만 그게 제대로 되었겠는가. 음악 하는 사람이 봤으면 기절초풍 했을 것이다.

지금 생각해 보면 얼굴 붉히고 고개도 못 쳐들 일이지만 그때는 그럴 수밖에 다른 방법이 없었다.

그것으로 나는 일약 유명해졌다. 그 전에도 완도에서 기타 좀 친다는 사람이 찾아와 내 연주를 듣고자 하면 벤처스 악단의 기타 솔로 곡 〈기타 맨〉, 〈상하이드〉, 〈장고〉, 〈드라이빙기타〉 등을 연주해 주고는 했다. 그 후로는 완도에서 콩쿠르 하면 자동으로 반주자가 되었다.

당근나게 아코디언을 잘 쓰고도 돌려주면서 막걸리 한 사발 못 사 줬으니 은혜도 모르는 염치없는 사람이 되고 말았다. 그래도 그때는 참 행복했고 세상이 다 즐거웠다.

2

음악, 옹이진 내 삶의 고운 아이러니

'호박꽃도 꽃이라고

오는 나비 괄시 말고 너를 찾는 내 마음에

그 심정을 왜 모르나.

싫거들랑 그만 두어라.

너 아니면 여자 없나

거리거리 거리마다 넘치는 게 여자들야'

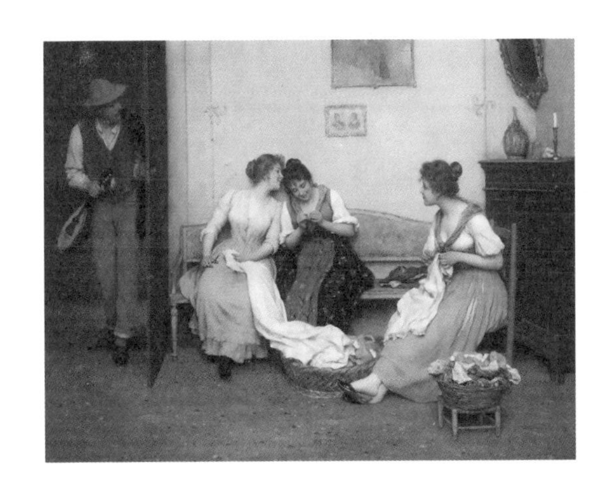

가수 지망생

내 인생에 전환점을 크게 3번으로 나누어 보겠다.

첫 번째, 결혼 하고 3개월쯤이다. 작곡을 발표하려고 무조건 상경했다. 서울엔 왔지만 답답하기는 매 일반이다. 어떻게 발표해야 할지, 내가 만든 곡이 정말로 작곡이 되었는지 어깨 너머로도 본 적이 없으니 그야말로 우물 안 개구리 하고 뭐가 다르겠는가.

몇 날을 고민하다 우선 레코드 판매점에 가서 레코드 회사를 수소문해서 오아시스 레코드사를 찾아갔다. 문예부장의 집에 가서 작곡 발표할 방법을 물었다. 문예부에다 작품을 제출해 보란다. 작사 작곡한 것을 갖다 주었다.

그 당시 오아시스에는 박춘석, 손석우, 이재호라는 거물급 작곡가들이 진을 치고 있었는데, 우리나라 대중가요의 최고 권위자들이라 할 수 있는 작곡가들이었다. 박춘석 작곡가는 권혜경 가수와 가벼운 농담도 하는데, 참 멋쟁이란 생각이 들었다.

며칠 후에 갔더니 가사만 손석우 선생이 3편 가져갔다고 했다(지금까지 작곡되지 않았지만). 나는 뛸 듯이 기뻤다. 누구한테 배운 것도 아니고 스스로 알아서 습작 작사를 인정받았다는 그 자체가 기뻤다. 그럼 이제부터 새로운 시작이다.

푸른 꿈을 가득 안고 작사 작곡가들이 많이 모이는 신라다방(명보극장 부근)에 드나들며 선배들을 만났다. 커피 잔을 들며 궁금한 것을 묻고 가요계의 사정을 익혀갔다.

이봉용 작곡가와 소주 한 잔 하면서 작곡 발표할 수 있는 길을 물었다. 김성근(노랫가락 차차차, 월남의 달밤작곡)이 유니버셜 전속으로 있으니 문의해 보라고 하였다. 난 그때부터 김성근 사단에 들어갔다. 가수 지망생 7,8명과 그의 집으로 매일 출근을 했다. 호위병처럼 김성근만 따라다녔다. 아니 어미 따라 다니는 병아리처럼 우르르 몰려다녔다.

그 중에 17살 가수 지망생 이미자도 있었는데, 동화극장에서 콩쿠르에 입상하여 발탁된 것이다. 머리를 기다랗게 땋고 다녔고, 가수 지망생 중에 특별이 뛰어나 보이지도 않았다. 왜냐하면 가수 지망생들은 자기 나름대로 개성이 있고, 노래깨나 한다고 자부하고, 또 보통 사람보다는 노래를 잘하는 사람들이었기 때문이다.

반년은 넘고 1년은 안 된 기간이었다. 그렇게 지냈으니 자연히 친할 수밖에 없었다. 그러다 보니 발이 좀 넓어져서 제작하는 사람의 틈에 끼어 드디어 취입하는 길이 열렸다. 나와 연배가 비슷한 야산○이란 작곡가인데, 레코드사를 신설하여, 처음 취입을 준비한 회사였다.

이시우(눈물 젖은 두만강) 작곡가와 한 프로 약 14곡을 준비하는데, 나도 한 곡 끼워 넣게 되었다. "고요한 게 밤이냐 달이 뜬 게 밤이냐 무서운 더위도 가고 사방은 조용한데 어디서 불어오는 미풍이드냐. 모든 걸 잊고 마는 세상사 잊고 마는 아 아 아 고요한, 고요한 밤에 부르스" 〈밤에 부르스〉란 노래다.

취입 날짜에 가까워 오는데 이시우 작곡가가 그만두는 바람에 한꺼번에 6곡을 더 취입하게 되었다. 우연히 그 말을 들은 이미자는 날 부러워하였다. 그때 그녀는 나화랑 사단에 들어가 〈열아홉 순정〉을 준비하고 있었는데, 그 노래 하나로 이미자 연습생은 일약 인기 가수 반열에 뛰어들었다. 그 후로는 이미자와 다시 만나지 못하였다.

세상 물정 하나도 모른 촌놈이 드디어 작곡가라는 칭호를 거머쥐었다. 그러다 보니 아무것도 모르는 내가 뭐든지 물어서 진행하느라 애를 먹었다. 레코드 취입 관계, 스튜디오, 악사 비용, 악사 인원, 편곡 비용, 경음악 곡 사용료 등, 더듬거리며 다 처리했다.

가수 연습도 내가 시켰는데 대부분 무명 가수이거나 신인가수들이었다. 유명 가수들은 악보만 주면 자기가 알아서 다 잘 불렀다. 그 가수의 음역을 알고 그 가수의 특기가 나올 만하게 곡을 만들기 때문인데, 한 번 들어 보거나 취입 때 들으면서 수정할 수 있기 때문이다.

그때 천숙이라는 가수가 기타의 낮은 음 보다 한음이 더 낮았다. 그러니 기타로는 그녀의 곡을 제 음으로는 연주할 수가 없었다. 이런 저

음의 목소리를 처음 듣고 나는 깜짝 놀랐다.

가수로는 송민도, 김용만, 박재란, 최숙자, 남성봉, 김길순, 천숙, 성일 등이었다. 훗날 박가연의 데뷔 때도 민요조의 곡 하나를 취입시켰다. 신인 가수로 이름 알리기란 하늘의 별 따기였다. 별 만큼 많은 신인 가수가 탄생해도 대부분 소리 없이 사라지는 것이 예사다.

작곡으로는 살길이 막막하여 기타 교습소라도 차려볼 요량으로 집에서 밭을 팔아 왔다. 그때 내가 가수로 데뷔시킨 송ㅇ ㅇ가 외국 경음악, 좋은 곡만 선별한 경음악의 음반을 따로 만들어 잘 팔았다(오케롤 등). 그가 한번만 음반을 만들고 돌려준다고 하여 그 돈을 다 빌려줬다. 그가 어음을 가져왔는데 그냥 돈 나오면 주라고 돌려보냈다. 얼마 후 5,16이 터져 모든 어음이 동결되었다. 그런 복사판도 못하게 됐다. 그도 돈을 다 날려 버렸다.

그래서 돈 한 푼이라도 받아 보려고 그 집을 가끔 찾았다. 어느 날, 그가 나더러 기피자 신고 안하느냐고 물었다. 이 사람이 고발할 것 같아 내가 자진 신고하여 28살 12월 8일 날 입대하여 육군 병장으로 재대했다.

그때 우물거린 친구들은 나이가 많아 다 군대 면제를 받아 예비역으로 편입 되었다. 기피자들이라 대부분 30세에 가깝고, 제 나이에 군대 온 사람들하고는 8,9살 나이 때문에 말을 올릴 수도 없고 같이 벗하기도 뭣하여 존대도 반말도 아닌 우물우물하기 일쑤였다.

별 두 개 달다

본의 아니게 나는 별 두 개를 달았다.

하나는 30대 후반쯤 기타 교습할 때였다. 앰프 기타를 하나 샀다. 통기타만 퉁기다 앰프 기타를 치면 소리가 깨끗하고 선명하면서도 크게 들려 신이 나 초보자였지만 퉁겨보고 싶었다. 그날도 기타 좀 치는 학생이 밤늦도록 연습을 했다. 교습을 끝내고 문을 잠그는데 정복 경찰관과 젊은이 두 명이 이층 복도로 들어왔다. 마지막 연습을 끝낸 몇은 서둘러 내려갔다. 가만히 들으니 "저 예비군복 입은 사람이 열쇠를 잠그는 것을 보니 저 사람을 잡아야 되겠다."(나는 예비군 훈련 받은 복장 그대로였다.) 그 소리를 듣자마자 후다닥 뛰기 시작 했다. 이유도 모르면서 무조건 안 잡히고 보자는 심사였다. 몇 백 미터 쯤 달리다 보니 예비군 농구화 끈을 묶지 않아 빨리 달릴 수가 없었다. 신발만 제대로 신었다면 훨훨 날았을 터인데 아쉬워하면서 옆을 보니 넝마장이가 내 옆에서 같이 뜀뛰기를 하는 것이다. '야, 인마 시장 통에서 달리기 연습 하냐. 난 지금 도망가고 있는 중이다' 속으로 핀잔을 주고 있는데, 아니 웬 날벼락, 화닥닥 넘어져 붙잡히고 말았다. 그가 메고 다니는 소쿠리를 내 앞에다 휙 던져 버렸던 것이다. 꼼짝 없이 붙잡히고 말았다. 넝마 장이들은 좀도둑이 들면 자기들이 의심 받기 때문에 그것을 만회라도 하려는 듯 도망가는 자들을 보면 용감하게 붙잡는 습성이 있었다.

뚝섬 구치소에서 하룻밤 자고 판사 앞으로 불려갔다. 기타 소리가 듣기 좋은 음악이라도 밤늦게 연주하면 안 되니 앞으로는 그러지 말라기에 '예'하고 대답하고 벌금 물고 말았다.

몇 년이 지났다. 무엇 때문인가 서류를 보다 깜짝 놀랐다. 전과 1범이라니, 누구와 싸운 적도 없고 고발이나 고소한 적도, 당한 적도 없었다. 또 법 없이도 살 수 있는 사람이라고 자부하고 있었는데 날 벼락을 맞았다. 드디어 나한테 별이 하나 달린 것이다.

두 번째 별은 40대 후반 쯤, 스탠드바에서 전자 오르간 연주할 때였다. 잠시 쉬고 있을 때 악기 보관하기가 힘이 들었다. 부피도 크지만 어디로 옮길 줄 모르니 시내 중심부에다 둬야 했다. 마침 신설동에 음악 사무실 하는 곳에 악기를 보관하러 갔다. 악기를 본 그들은 일과도 끝났다며 연주 한 번 듣자고 했다. 몇 곡을 신나게 연주 했더니 파출소 순경이 신고가 들어왔다며 그 방에 있던 사람을 다 파출소로 연행했다.

경찰서 유치장에 들어가니 진짜 죄인이 된 기분이었다. 호주머니 물건 다 내놓게 하고 팬티만 입혀 놓고 기합을 주었다. 담당자가 주민

등록증을 내 놓으라고 하니 법깨나 안다고 깝죽거린 ○○가 순경과 옥신각신 했다. 죄가 없더라도 담당 순경이 보여 달라면 보여줘야 할 것이 아닌가. 실랑이를 하고 나니 순경이 화가 난 것이다. 그러나 그는 아무 죄가 없었기에 내보내고 연주자인 나만 남게 했다. 그가 주민등록증만 순순히 보여줬으면 나 역시 훈방으로도 나올 수 있었을지도 모른 일이었다.

앉아! 서! 앉아! 서! 엎드려뻗쳐! 하나 둘 셋 넷 다섯 여섯 일곱 여덟 아홉 열, 그거면 다행이었다. 머리 처 박은 원산폭격도 시켰다. 중 죄인처럼 꼼작 못하고 시키는 대로 할 수밖에 없었다. 된통 걸렸다. 재수 옴 올랐다. 내가 늙어 보였던지 순경이 몇 살이냐고 묻었다. 그 중에서 내가 나이가 제일 많았다.

앰프는 음악 소리가 앞으로만 퍼져 나가기 때문에 연주자보다 듣는 사람이 훨씬 더 크게 느낀다. 똑 같은 음악 소리도 낮에는 소음 소리에 묻혀 힘을 못 쓰다가 밤에는 기가 살아나는지 훨씬 더 크게 들린다.

판사 앞에 끌려갔다. 음악 소리가 좋다고 해도 밤늦게 크게 연주하면 옆 사람한테 피해를 주니 그러면 안 된다고 훈시를 했다. 그래서 벌금 물고 그 이름도 찬란한 두 번째 별을 달았다. 파출소로 신고할 용기가 있으면, 신고하기 전에 조용히 하라고 전화 한 통화라도 했으면 좋았을 것을 파출소로 그냥 신고한 그 행위가 야속했다.

기록상으로는 전과 2범이지만 나 자신은 전과자란 생각이 별로 들지 않는다. 전과자란, 폭행을 했다든지, 사기를 쳤다든지, 남에게 심한 피해를 줬다든지, 도덕적으로 비난 받을 일을 저질렀다든지 할 때나 해당된다는 게 평소의 내 지론이다.

세상 살아가면서 법 어기지 않고 사는 사람이 몇 명이나 있겠는가. 가까운 예로 거리에 침을 뱉는다든지, 휴지를 버린다든지, 우측통행을 안 한다든지, 빨간 신호가 있는데 걷는다든지, 스스로 법 위반 안 하고 산 사람 손들어 봐 하고 싶다. 이번 20대 국회의원 출마자들 중에 전과자가 몇 프로 된다고 했는데 나와 같이 억울하다고 생각한 전과자도 있을 것이다.

아무리 변명을 해도 나는 전과2범 범법자이고, 드디어 별 두 개를 단 투 스타다.

수난시대

작곡가라는 명칭을 얻었으면 단 한 곡이라도 히트곡이 있어야 하는데 그렇지 못해서 자존심이 상했다. 무슨 곡을 작곡했느냐고 물으면 할 말이 없다. 그렇게 알려진 곡이 있으면 인세나 받아먹고 작곡이나 하지, 돈도 안 되는 시 뭐 하러 배우러왔겠느냐고 자위를 한다. 칠십구 년도에는 약 2천만 원 정도 PR하면 곡을 알릴 수 있을 것 같았다. 대중가요란 많이 들으면 자의든 타의든 귀에 익숙해지기 때문이다.

그러던 참에 나음파(음악저작권 협회장 지냄)가 피아노 교재 테이프 제작해 보라고 권했다. 그는 〈명동 부르스〉 작곡가로 나와는 앞뒷집에서 살아 자주 만나는 사이였다. "ㅇㅇ는 죽는 소리만 해도 이번에 빌딩 사더라." 며 살살 부추겼다. 귀가 얇은 나는 그렇지 않아도 뭐라도 하고 싶어 꿈틀대던 터라 덜컥 제작에 착수했다. 그가 알려준 대로 S대 교수한테 추천 받으라고 하여, 동생을 보냈다. 그런 일은 내 동생이 적임자였다. 한번 갔다 오면서 추천서 및 연주자 명단을 받아 왔다.

제작에 들어갔다. 김용배(현 추계예술대학 교수 전 예술의 전당 사장역임)가 많이 연주했고, 임종필, 강충모(현 예술종합학교 교수), 이승진(현 경남대 기악과장) 등 10여 명이 연주했다.

상품은 완성됐으나 소매점에서 판매하는 것이 아니라, 월부로 팔 물건이라 어떻게 팔아야 할지 방법을 몰라 우물쭈물 하다가 신문광고나 내고 주문 오면 하나씩 팔아 명맥을 이어 갔다.

어느 날 베테랑 세일즈맨들이 찾아왔다. 자기들이 팔아 보겠다는 것이다. 그들의 능수능란한 판매 전략에 솔깃했다. 가뭄에 단비가 내려 새싹이 푸릇푸릇한 들판처럼 생기가 도는 듯한 기분이었다. 창고에 가득 쌓인 물건을 보면 지겨웠는데 그 물건이 치워질 생각 하니 기분이 좋았다. 그들은 주로, 대구, 원주, 부산, 마산, 포항, 안동, 진주, 충무, 목포, 전주 등에서 팔고 있었다. 주문이 쇄도했다. 나중에 안 일이지만 물건이 팔려서 주문하는 것이 아니고 대리점에 물건이 쌓여 있어야만 세일즈맨들이 가불해 쓸 수가 있어 그렇게 했던 것이다. 나는 측면 지원으로 그 곳에서 S대 모 교수와 김용배님을 모시고 피아노 세미나를 개최했다.

그렇게 몇 년은 버티었으나 자금은 회수되지 않고 물건만 나가니 밑천이 다 떨어졌다. 사업을 접을 때가 왔다는 것을 느꼈지만 어머니한테 집을 팔아야겠다는 말을 차마 못하고 미적거렸다. 그러다 보니 빚 얻어 이자 갚고 또 빚을 얻어 쓰고 하다 보니 빚이 눈덩이처럼 불어났다. 이제는 주문이 와도 제작비가 없어 옴짝달싹 못했다. 책과 케이

스는 소량은 만들 수가 없었다. 아무리 이자를 많이 준다고 하여도 모두들 나를 외면했다.

집을 팔아 이자는 놔두고 본전만 겨우 갚은 둥 마는 둥 하고 200만 원에 월 8만 원짜리로 이사 갔다. 마음이 어수선 해서인지 자책감 때문인지, 더운지 추운지 아무런 감각이 없고, 기쁜지 슬픈지 감정의 변화가 통 일어나지 않았다. 이러다가는 큰일 나겠다고 생각 하고 꼭 재기해야겠다는 다짐을 했다. 나는 다시 일어서야 한다. 어머니도 모셔야 하고 자식들도 돌 봐야 한다(자식 노릇 부모 노릇은 꼭 해야 한다). 스스로 주문을 외워도 몸은 지쳐 가고 가슴만 두근거렸다.

큰아들이 고3인데 여름 방학 때야 아내한테 성적을 물었다. 120등인가 된다고 했다. 내 사업 망한 것보다 더 충격을 먹었다. 잘하면 5등, 못해도 30등은 안 넘어가는 상위권이었는데, 담임선생님도 S대는 걱정 안 해도 된다고 말씀했었는데, 망연자실 넋 놓고 있다가 겨우 마음을 추슬렀다.

두 아들을 불러 놓고 용기를 주기 위하여 내 심정을 이야기 했다.

"아버지가 놀음을 하거나, 사기 친 것도 아니고, 바람피운 것도 아니고 사업을 하다 실패했으니 부끄러울 것은 없다. 너희들이 대학 들어가면 꼭 보내 줄 것이니 부지런히 공부해서 대학 가도록 해라. 대학원이나 결혼은 너희들이 벌어서 해라."

사실 대학에 들어간다고 하여도 등록금을 마련할 아무런 계책도 없었다. 그 말을 듣고 용기를 얻은 큰아들은 공부를 한다고 하여도 제대로 먹지도 못하고 빚쟁이한테 볶이는 집안 분위기니 공부가 제대로 됐겠는가. 성적은 더 이상 올라가지 않았다. 수능 점수를 보니 S, Y대는 안되겠고 K대에 입학 했다. 그때 마침 신안 막내매부님이 오셨다. 김을 잘 해 돈이 많이 있다고 했다. 이렇게 일이 잘 풀려 갔다. 이 년 뒤에 작은아들도 책꽂이 하나 없이 공부해도 S대에 입학했다.

그 동안 큰 딸이 시집갈 때 쓴다고 부어 놓은 적금을 해약하여 전자 오르간을 구입하여 스텐드바나 단란주점에서 연주하며 겨우 숨만 쉬고 살아 갈 수 있었다. 그러나 방 두 개짜리에서 살고 있으니 방 하나에 어머니, 큰딸, 아들 둘, 우리 방엔 아내와 막내딸, 그렇게 살았는데, 막내딸은 고3까지 제 책상 하나 없었다. 그런 어려운 상황에서도 아들들이 소위 명문대라는 대학에 다니고 있으니, 그 생각만 하면 마음이 뿌듯했다. 술 한 잔 걸치면 '200에 18만 원 내고 살면서 일류대학 두 명 보내는 놈 있으면 나와 보라고 해.' 속으로 유쾌하게 큰 소리 치고 살았다.

말이 씨가 되었는지 나중에 내가 한 말대로 되었다. 두 아들 결혼식 때 10원 한 장 보태지 못했는데, 우리 생활비를 작은아들이 대주고 있으니 말이다. 이렇게 속이 없고 뜰뜰 하게 사는 것이 내 모습이다. 그러니 80이 넘어서도 대학생과 경쟁 하면서 백일장에 투고도 하고, 시 공부한다고 깝죽댄다. 언제 철이 들지 참 난감하다.

목포는 항구다

흘러간 가요를 선별하여 '불후의 명곡-전설을 노래하다' 라는 타이틀로 우승자를 가리는 코너가 있다. 작곡가, 작사가, 가수별로 진행한다. 총 일곱 팀이 출전하는데 두 팀씩 노래를 부르고 명곡 판정단이 심사를 한다. 출연자는 합창단과 무용단을 데리고 올 수도 있다. 주 우승자는 영광스러운 트로피를 받는다. 유명 · 무명 가수들이 자기 기량을 십분 발휘하여 노래 부른다. 어쩌면 노래를 저토록 잘 부르는지 감탄하지 않을 수가 없다. 지금 까지 알리와 정동화 두 사람이 각각 10회씩이나 우승트로피를 받았다.

가끔은 눈살을 찌푸릴 때가 있다. 악보대로 부르면 싱거워서인지, 자기 목소리는 하늘만큼 높이 올라가는 것을 과시하고 싶어서인지, 원곡에는 없는 멜로디를 첨가하여 마치 다른 곡같이 부르는 것을 보면 영 못마땅하다. 대중은 원곡 그대로 듣기를 원한다. 대중가요에는 그 시대의 정서가 녹아있기 때문이다. 그래서 원곡을 훼손하는 일은 원작곡가에 대한 예의가 아니라고 생각한다.

오늘은 고 이난영 편이다.

이난영은 〈목포의 눈물〉 한 곡으로 무명에서 유명 가수 대열에 합류한 행운을 얻었다. 그녀는 특유의 비음을 간드러지게 불러 개성 있는 가수로 성장했다.

내가 음반을 제작할 때 손목인의 〈목포의 눈물〉, 〈타향살이〉, 〈아빠의 청춘〉 과 이봉용의 〈화류 춘몽〉, 〈목포는 항구다〉, 〈선창〉 등을 경음악곡으로 하기로 하고 연주는 작곡자들이 직접 하기로 하였다. 그 당시 작곡자들은 미국 시민권자였기에 한국에 돌아와야 했다.

손목인은 아코디언 독주를 많이 했지만 이봉룡은 기타가 약하다고 오민우(갈대의 순정 작곡가)로 대체하기로 하였다. 녹음을 해 보니 기타 하나로는 약하다고 세컨드 기타가 있어야겠다는 것이다. 녹음실에 여유 있는 사람은 나밖에 없었다. 급기야 내가 기타리스트가 되었다. 너무 익숙한 곡이지만 더듬더듬 진땀을 흘리며 겨우 넘어갔다. 〈목포의 눈물〉한 곡 연주하고 나머지는 전속 악사를 불러 연주했다. 이것은 내가 제작하는 것이어서 가능했지, 만약에 딴 사람 것이었다면 언감생심 그런 행운이 나한테 왔을 리 없었을 것이다.

우리는 가끔씩 행운을 잡은 이야기를 듣는다. 주연이 갑자기 빠지면 단역이나 조연이 주연으로 발탁되어 성공한 것을 가끔씩 보는데 내가 그 행운을 잡은 셈이다.

내가 작곡한 〈두 번 다시 속기도 싫소〉를 녹음할 때였다. 기타리스트가 꾸벅꾸벅 졸면서 거의 눈을 감고 연주했다. 밤에는 뭐했나? 상갓

집에서 밤 세웠나, 저러다 틀리지 않으려나, 가슴 조여도 아무 일도 없었다는 듯이 NG없이 녹음을 마쳤다. '도사가 따로 없네. 녹음실 악사는 천재'라고 감탄한 적이 있었는데, 나도 그 대열에 끼었으니, 실감이 나지 않았다.

이난영은 김해송 작곡가와 결혼하여 많은 자녀들을 두었는데, 사촌까지 영입하여 김씨시스터즈, 김보이즈, 두 팀을 만들었다. 그 팀들이 유명한 가수대열에 올라, 급기야 미국까지 진출하는 기염을 토했으니, 유전자가 따로 있나 싶었다.

김해송 작곡가가 납북되는 바람에 이난영은 말년에 남인수와 재혼하였다.

지금도 목포 유달산에 가면, '영산강 안개 속에 기적이 울고 삼학도 등대 아래 갈매기 우는 그리운 내 고향 목포는 항구다 목포는 항구다 똑딱선 운다.'

그녀의 사촌오빠인 이봉용이 작곡 한 〈목포는 항구다〉를 열아홉 이난영의 목소리가 은은히 들려온다. 목포는 항구다………

아쉬움이 남은 일

두 번째 곡을 취입吹入할 때다. 처음에도 가수 김용만이〈하늘은 푸르다〈동전 나왔네〉두 곡을 불렀다. '하늘은 푸르다. 젊은 피 끓어 오른다. 드높은 푸른 하늘 유쾌한 기분으로 단둘이 걸어갑시다.' 빠르고 경쾌한 폴카 곡이다.〈동전 나왔네〉는 10환짜리 동전이 처음 나왔을 때다. 그 뒤로 현재 사용하는 10원 짜리로 바뀌었다.

'짤랑 짤랑 짤랑 동전이 나왔네. 주화가 나왔네. 너도나도 손에다 들고 웃고 만져본다.' 만요 풍의 스윙으로 김용만 특유의 감칠맛이 나는 노래다.

그런데 이 곡이 마가 끼었는지 제품을 찍을 때 마다 동판銅版이 자꾸 망가졌다. 주문이 들어와도 제 때 공급이 안 되니 난리가 났다. 그 당시는 SP판으로 앞뒷면에 한 곡씩 들어 있었는데 땅에 떨어지면 깨지는 판이었다.

원료가 부족하여 헌 판을 수거하여 그것을 다시 사용했다. 프레스에 녹여서 풀빵 찍듯 한 장씩 찍어내는 수手작업이었다. 그 원판原板이 고장 나면 그것을 만드는 데 시간과 비용이 만만치 않아 회사 측에서도 애를 먹었다.

다른 것들은 다 괜찮은데 왜〈동전 나왔네〉만 찍으면 이물질이 들어가는지 모르겠다고, 이거 고사라도 지내야 할 것 아니냐고 모두 고개를 갸우뚱거렸다. 몇 번 더 하다가 스스로 포기하고 마는 이상한 일이 벌어지고 말았다.

만약 그 음반을 재 때 공급하고 방송이라도 했으면 히트곡이 되었을지 하는 아쉬움이 남았다. 그 덕분에 두 번째도 김용만이 부를 스윙과 폴카를 주문 받았다.

취입할 날이 며칠 안 남았는데 김용만이 이 가사는 여자를 비하하는 가사이니 여자들이 싫어할 수 있고, 저속한 면이 있어 방송도 타기 어렵겠다며 가사를 바꾸자고 했다. 참 난감한 일이 벌어지고 말았다. 내용인 즉, '호박꽃도 꽃이라고 오는 나비 괄시 말고 너를 찾는 내 마음에 그 심정을 왜 모르나. 싫거들랑 그만 두어라. 너 아니면 여자 없나 거리거리 거리마다 넘치는 게 여자들야'이다.

이미 작사료도 지불했고, 다시 수정 해 달라고 하기에는 시간이 너무 촉박했다. 나는 이 가사를 그대로 쓰자고 했지만 무명 작곡가의 말보다는 일류 가수의 말발이 더 먹혔다. 어떻게 바꾸겠느냐고 하니 자기가 가사를 고쳐 오겠다는 것이다. 그래서 김용만은 작사를 했음에도 불구하고 자기 이름은 빠졌고 김진경은 자기 가사가 아님에도 자기 이름으로 발표되는 진풍경이 벌어지고 말았다.

봄이 왔네 봄이 왔네

이거 정말 봄이 왔네

산에도 들에도 천산만야 우거진 봄

우리 인생 한평생에 봄이란 청춘에

시즌 거리거리 거리마다

넘치는 게 봄바람이다

이런 내용으로 바뀐 것이다. 그러나 아무리 대중가요라고 해도 이 가사는 이야기 거리가 없는 게 흠이란 생각이 들었다. 봄이 왔다고 큰 소리쳐 봐도 누가 그 소리 못 하겠는가 시적 표현으로 봐도 사물을 사물 그대로 표현하고 있는 초보자의 수준이라 생각했다.

지금 생각해도 가사를 바꿔치기 하지 말았어야 했을 것 같다는 생각에는 변함이 없다. 실연당한 남자가 포장마차에서 소주를 마시면서 '싫거들랑 그만 두어라. 너 아니면 여자 없나. 거리거리 거리마다 넘치는 게 여자더라.' 하고 탁자를 탁 치면, 실연자 중엔 그 말에 동조할 사람이 있을 것이란 생각이 들었다. 1 절은 남자가, 2절은 여자가 '싫거들랑 그만 두어라 너 아니면 남자 없나. 거리거리 거리 마다 넘치는 게 남자들아.' 그랬으면 피장파장이 되어 균형을 유지했을 것이다.

사람들이 가끔씩 히트곡이 뭐 있느냐고 쉽게 묻는다. 그러면 대답할 말을 잃는다. 히트곡이 있으면 저작료 받고 곡이나 쓰지, 돈도 안 되는 시 공부하러 왔겠느냐고 오히려 반문 하곤 한다. 히트곡이 그리 쉽사리 나오는가. 보통 사람이 알 수 있는 몇 곡 있으면 생활비를 댈만 한 저작료가 나온다. 자유당 시절에는 대중가요 창작자들은 배가 고팠지만 지금은 연예인 중에도 수입이 상위권에 속한다.

몇 년 전이다. 바둑 기사 이세돌이 년 6,7억 수입을 올렸는데 작곡가 조영수는 12억을 넘겼다. 그다음 해에는 조영수가 2위로 밀렸고 1위는 박진영이 차지했는데 13억 몇 천 만원으로 둘 다 13억 원을 훌쩍 넘긴 상위 그룹이었다.

이것은 순수한 저작료다. 사후 70년까지 보장된 보고다. 처음에는 사후 오십 년이었는데 미국에서 70년으로 상향 조정하자 우리도 그대로 따랐다. 또 미국이 상향 조정하면 우리도 그대로 따를 것이다.

즐기면서 노래 만들고, 즐기면서 돈 버는 작사 작곡, 이런 세상이 올 거란 꿈엔들 생각 했겠는가.

나는 저작료 10원도 못 받는 무명 작곡가이지만 딴따라로 무시당할 때를 생각하면 격세지감이다. 작곡가란 이름을 얻었으니 그 이름에 부끄럽지 않는 곡이라도 한 곡 발표해야겠다는 꿈이 하나 남아 있다.

동명이인同名異人

시를 읽는다. 박정희 전 대통령 이름이 나온다. 정치가가 언제 시를 썼지. 자세히 보니 현역 시인이다. 아무리 시를 잘 써봤자 군모에 검은 색안경 낀 강한 인상 때문에 시가 읽히지 않는다.

어느 시인은 선배 이름과 똑같아, 예의 차원에서 본명을 버리고 필명을 썼단다. 그렇게들 많이 한다. 가수나 작사가 작곡가들은 예명을 많이 쓴다. 그들은 성 까지 바꾸니 전혀 딴 사람 같다. 너무 모나지 않고 누구나 쉽게 부를 수 있는 이름을 선호한다.

최근에 김동인이라는 이름을 보았다. 처음에는 〈감자〉의 김동인이 시조도 썼나? 자세히 보니 이 분은 현역 시조 시인이다. 〈배따라기〉, 〈운형궁의 봄〉, 〈대수양〉 등 주옥같은 작품을 발표해 우리 뇌리 속에 전범 같은 소설가로 각인된 김동인, 그 이름을 훼손하지나 않을까? 마음이 떨떠름하다.

어느 날 TV에서 바둑 해설하는 김영삼을 보았다. 고 김영삼 전 대통령과 동명이다. 이름은 같아도 천연덕스럽게 바둑 해설은 잘한다.

"부모가 지어준 이름을 그대로 썼는데 뭐가 잘못 되었나?" 하고 항

변하면 할 말은 없다. 그러나 유명한 사람의 이름을 같이 쓰면 자기가 손해 본다는 것을 왜 모를까? 본인들이야 괜찮을지 몰라도 보는 사람이 영 불편하다. 대통령이란 소리가 듣고 싶었을까? 명작을 남긴 소설가 대우를 받고 싶었을까? 이름 자체가 자기와 어울리지 않아 거북하지 않았을까? 그들이 자기 이름값 하기란 참 난감할 수밖에 없을 것 같다. 전자는 한쪽이 너무 기우는 이야기였고, 다음은 그 분야에서 최고 인기를 누리는 두 분을 소개한다.

이미 고인이 되었지만 코미디언 겸 영화배우로 최고인기를 누리던 김희갑이다. 구봉서와 짝꿍이 되어 '막동이와 합죽이'라는 예명으로 콤비를 이루며 많은 웃음을 선사한 희극계의 거장이다. 영화배우로서도 〈와룡선생 상경 기〉, 〈오 부자〉, 〈사랑방 손님과 어머니〉 등750여 편의 영화에 출연하여 우리한테 웃음을 선사했다. 그뿐이 아니다.

제10회 아시아 영화제에 〈새댁〉으로 〈성격 배우 상〉, 같은 해 〈쌀〉로 제3회 대종상에서 조연상을 받고, 제11회 대종상에서 〈작은 꿈이 꿈 꿀 때〉로 조연상을 또 받는 기염을 토하기도 했다.

대중가요 작곡가인 김희갑이 또 있다. 아내인 작사가 양인자와 콤비를 이루어 주옥같은 명곡들을 만들고 있다. 임희숙의 〈진정 난 몰랐네.〉 최진희의〈우린 너무 쉽게 헤어졌어요.〉 임주리의 〈립스틱 짙게 바르고〉, 이동원 · 박인수의〈향수〉, 문주란의〈남자는 여자를 귀찮게 해〉 조용필의〈킬리만자로의 표범〉김국환의〈타타타〉 등 수 많은 히트곡을 남겼다. 이런 히트곡들이 거의 안 나왔을 때, 그가 기타리스트로 리코딩 악사 할 때다. 나도 처음으로 편곡을 해서, 처음 지휘하는 날이었다. 지휘한다는 자체가 얼마나 어렵고 떨었는지, 내 정신이 아니었다.

보통 한 번 연습하고 두 번째 것으로 취입한다. 김희갑이 한 소절을 빼 먹는다. 다음에 제대로 하겠지 어려운 것도 아닌데 하고, "이번은 진짜입니다." 하고 연주를 하는데, 아까 틀렸던 곳에 또 한 소절을 빼 먹는다. 왜 쉬운 것도 틀리나 하고 투덜거리며 총보(지휘하면서 보는 악보)를 들고 가서 둘이 세어 보니 내가 편곡하면서 한 소절을 빼먹었다. 각 파트별로 몇 번을 세어봤을 텐데 왜 기타만 미스가 났는지 창피했다.

양인자의 가사는 거의 시에 가깝다. 그래선지 작품마다 히트되고 명곡으로 탄생했다. 그들 부부는 우리 대중가요의 가사 · 곡을 한 단계 업그레이드 시킨 공이 크다. 동명이인 치고는 한쪽으로 기우는 것이 상례인데 이들은 그 분야에서 최고의 인기를 누리고, 타인의 추종을 불허하는 유명세를 타고 균형을 유지하고 있다.

세상에는 같은 이름을 쓰는 사람이 예상 외로 많다. 돌림자 때문이기도 하고, 익숙한 이름을 좋아하기 때문이기도 하다. 고만고만한 직업과 지위를 가졌어도 제삼자들이 섞이지 않게 잘 관리하여 불편하지 않게 그럭저럭 잘 살아가고 있다.

3

문학,
내 삶의 엉킨 실타래를
푸는 마음의 공간

인삼주 한 병에는 되돌리고 싶은

세월이 담겨 있어

그리움을 홀짝 마신다

가슴에 비가 온다

먹으로 가슴을 간다

찢어진 하늘을 간다

시민대 입성하다

동대문구 하면 서울 하고도 중심부인데 시, 수필 강좌는 왜 없나 하고 의아하게 생각 했다. 지난번 구청에 들어간 김에 우리 구에는 왜 문학 강좌가 없는가? 혹 개설할 의사는, 하고 물어 보려다 그만 두었다. 왜냐하면 이미 다른 구에서 시와 수필을 몇 년 째 잘 배우고 있어 동대문구에서 신설한다고 하여도 가깝다는 이유로 등록한다는 보장을 할 수 없을 것 같아서다. 그러나 마음 한 구석에는 아쉬운 생각이 깊숙이 자리 잡고 있었나 보다.

소식지에 "자서전 무료 강좌" 광고를 보자 눈동자가 커지면서 가슴이 설레고 펄쩍뛰고 싶도록 기분이 좋아졌다. 얼마나 반가운 소리인가, 그러나 문의하려 해도 페이스 북뿐이다. 페이스 북을 열어봐도 안 열린다. 가입을 해 봐도 트집만 잡는다. 이놈도 사람을 알아보는지 전화번호가 틀렸다나. 어쨌다나. 자꾸 퇴짜를 놓는다.

내 기술로는 할 수 없다는 것을 느끼고 이문 문화 체육관으로 문의하려고 하다가 그만 두었다. 벌써 4일 째 쩔쩔 매고 있다. 4월5일 컴퓨터를 좀 만지는 문우한테 부탁했다. 저녁에 메일로 연락이 올 줄 알았는데 소식이 없었다.

안절부절 못한 나는 안내 된 광고를 확대경으로 본다. 글씨가 너무 작아 무슨 글자인지 구별할 수가 없다. 참 답답하다 해결책을 찾아야 하는데 방법이 떠오르지 않는다. 4월 6일에야 구청으로 문의해야겠다는 생각이 떠올랐다. 이렇게 매사에 둔감하다.

담당자가 없다고 하는 걸 보니 전화는 제대로 했나 보다. '휴' 안도의 한숨이 나온다. 담당자가 내 인적사항을 묻고 접수되었다고 한다. 시립대 법학관 321호로 7시에 가면 된다고 한다. 고맙고 감사하다고 절을 열 번쯤 해야 할 판에 몇날며칠 고민한 화풀이를 봇물 터지듯 쏟아 놓는다.

"자서전 쓰려는 사람이 대부분 노년층일 터인데 전화번호도 없이 페이스북만 표시 해 놓으면 어떡하란 말이냐? 나도 글을 더러 발표도 하고, 백일장에 출품도 하는데 페이스 북은 한 번도 사용해 본 적이 없다. 마치 접시에다 생선 담아 두루미 대접하는 꼴이 아니겠는가. 전화번호는 어디다 쓰려고 감춰 놨느냐? 광고는 누구나 쉽게 알아볼 수 있어야 하는 것이다."

횡설수설 화풀이를 하고 나니 속은 후련하지만 미안한 생각이 든다. 나는 역시 재수가 좋은 사람이다. 오늘 접수하여 자서전 교육을 당일 받을 수 있다니, 참 기분 좋다.

자서전 교실은 장소가 너무 협소하다. 10여 년 동안 여기저기 공부

하려 다녀봤어도 이런 곳은 처음이다. 이 넓은 대학교에 장소가 이렇게 없다는 말인가, 자기소개 시간에 시집 두 권 썼다는 이야기는 하지 말았어야 하지 않았을까.

사장된 시

초등학교 저학년 때였다. 원적지전의 집에서 살 때 일이다. '우리 집'이란 제목으로 시를 써 오라는 숙제를 내줬다. 한글로(해방 후) 겨우 글을 썼다.

우리 집은 싸리문을 밀치면 돼지우리가 있고, 우측으로 몇 발짝 옮기면 작은방이 있고, 그 뒤에는 외양간이 있었다. 외양간 들어가는 길이 쓸데없이 길고 넓어서 거기에 여물청도 만들고 허드레 물건도 많이 보관했다. 겨울에는 쇠죽을 쑤었는데 그것은 내 몫이었다. 작두질은 했던가. 안 했던가. 가물가물하다.

돔발치(여름에 소 매어둔 곳)는 마당 왼쪽 구석에 자리 잡았다. 닭장은 큰방 마루 밑에 있었다. 그 당시에는 삵이나 족제비가 닭을 잡아가서 보호 차원에서 그랬나 보다. 어느 날 한밤중에 삵의 공격을 받은 닭이 '워매 나 죽겠네.'하는 듯 퍼드덕 몸부림치는 소리에 온 식구가 잠이 깨어 벌벌 떨고 있었다. 아버지가 나가 보니 닭 모가지만 비틀어 놓고 삵은 도망갔다고 했다.

씨암탉은 그래도 알도 잘 낳고 병아리도 잘 깠다. 어쩌다 닭을 잡으면 창자를 화롯불에다 구워 아버지와 둘이 나눠 먹었는데 왜 그렇게 맛이 있고 조금 더 먹고 싶었던지, 그렇게 맛있는 음식을 아직 먹어 본 기억이 없다. 닭 창자는 양이 너무 적어 더 먹고 싶어도 먹을 것이 없어 아쉬웠다.

어미 소가 송아지를 낳으면 집안의 경사였다. 그때는 소 한 마리면 논도 사고 밭도 샀다. 그러니 송아지는 돈 덩어리였다. 이놈의 송아지는 처음에는 발발 떨고 일어나다 넘어져도 또다시 일어나고 자꾸 다리 운동을 한다. 며칠이 지나면 벌써 뛰어 다니기 시작한다. 꼬리를 치켜들고 마당을 한 바퀴 돌고도 성이 차지 않으면 큰길로 뛰쳐나가 한바탕 더 뛰다 돌아오기도 했다. 행여 집을 못 찾을까봐 좇아 나가기도 했으나 용케 잘 찾아오곤 했다.

돼지도 새끼를 낳으면 좁은 우리에서 바글바글 살다 보니 답답한지 조금한 틈만 나면 새끼들은 우리를 빠져나와 마당을 뛰어다녔다. 먹을 것을 주면 강아지처럼 졸졸 잘도 따라 다녔다.

어미 닭도 병아리를 까면 어리 안에 병아리를 놔두고 밖에서 지키고 있다가 강아지나 고양이가 오면 꼬꼬댁 큰소리치며 잽싸게 달려가 날개를 파닥여서 공격을 한다. 불시에 일격을 당한 고양이나 강아지는 얼결에 도망가는 것을 본다. 평시에는 있을 수 없는 노릇이다. 미치지 않고서야 닭이 고양이나 강아지를 쫓아가겠는가. 어미는 새끼를 위해서라면 물불을 가리지 않는다.

뒤뜰에는 단감나무가 있었는데 단감은 익지 않아도 시퍼런 모습으로 달아서 참 맛있게 따 먹었다. 또 까치가 놀러 와서 깍깍대면 기분이 좋았다.

우리는 오남매로 누나들 3명과 남동생이 있었다. 큰누님과 둘째누님, 동생은 나이 차이가 많아 거의 어울리지 않았다. 셋째 누나는 나보다 3살 위지만 나와 동창이었다. 우리뿐이 아니고 종길이 종대 형제, 동조 동준이 형제도 있었다.

우리 집은, 저녁때까지 해가 비쳐 곡식 말리기도 참 편리했다. 이런 집이고 보니 남들이 부러워했다.

대강 이런 내용을 간추려서 시로 썼을 것이다.

문제는 다음날이었다. 숙제발표를 병하에게 시키는 것이었다. 병하의 글은 눈물이 나올 정도로 가난에 찌든 집으로, 있는 것보다 없는 것이 더 많아 정말 불쌍했다.

그 다음에 선생님이 나를 시켰다. 큰일 났다. 병하는 저렇게 어렵게 사는데 내 글은 너무나 사치스러웠다. 내 글을 그대로 읽으면 병하를 비웃는 것 같이 보일 것 같았다. 도저히 미안해서 읽을 수가 없었다.

나는 고민했다. 그대로 읽을까, 병하 수준으로 고쳐 읽을까, 둘 중에 하나를 택해야 했다.

즉석에서 병하 수준으로 고쳐 읽었다. 있는 것을 없다고 하고, 즐거운 우리 집이 가난뱅이로 탈바꿈하니 재대로 읽히겠는가? 듣는 사람도 답답하고 읽은 나도 답답했다. 정말 울고 싶도록 괴로웠다. 왜 나를 먼저 시켰으면 내가 쓴 대로 잘 읽었을 것이 아닌가?

선생님은 '너는 왜 써 온 것을 그리 못 읽느냐' 핀잔만 주셨다. '어디 보자 쓰기는 썼느냐' 하고 와서 내 노트를 보고 다 읽어 줬으면 얼마나 좋았을까? 하는 아쉬움이 남았다. 난 내 글도 잘 못 읽은 바보가 되고 말았다.

그때 내가 읽어봐도 내 글은 참 재미있게 썼고, 우리 집은 행복이 가득찬 집이었다. 내가 처음 쓴 시는 발표도 못하고 사라지고 말았다.

시조는 단시조라야

시간이 날 때마다 시조집을 펼친다. 하루에 평균 두 세권 꼴이다. 시조가 좋아서라기보다는 그럴만한 이유가 있다. 얼굴에 검버섯과 잡티가 많이 생겨 그것을 전자빔(수지침기구)으로 치료한다. 내친김에 빛바랜 위 눈썹과 축 처진 눈 밑 주름살도 검버섯 대우를 해준다. 내가 이 치료를 하는 이유는 치료를 하면서 그 시간에 시조를 읽기 위해서다. 한 곳 치료하는 시간이 약15초에서 20초 걸린다. 시조 두 수 읽는 시간에 한 곳을 치료한다. 그렇지만 예외도 있다. 흐릿한 놈은 한 수, 야무진 놈은 세 수, 또는 네 수까지 읽기도 한다.

다른 책을 읽으면 시간 짐작하기가 어렵다. 왼쪽 오른쪽 다 하다 보면 두 시간 조금 더 걸린다. 이것도 전류가 흐르는 전자기구라 30분 이상 사용하지 말라는 경고 때문에 조심한다. 그래도 한 시간 조금 넘게 걸린다. 한쪽이 끝나면 다섯 시간의 휴식을 취하고 다른 쪽을 다시 시작한다. 그러면 시조집은 덤으로 읽을 수 있다. 해서 선별한 시조집은 눈에 익숙하다.

덕분에 얼굴이 깨끗하다는 말을 더러 듣는다. 시커멓게 자리 잡은 놈을 뿌리째 뽑았을 적에는 산 정상에 오른 만큼 기분이 좋고 상쾌하다.

약한 놈도 치유되는 시간이 몇 달 걸린다. 몇 년 째 끈질기게 버티는 놈이 있지만 힘을 못 쓰고 숨만 겨우 쉬고 있는 검버섯을 볼 적에는 품삯은 나온다는 생각이 든다. 도랑 치고 가재 잡고, 임도 보고 뽕도 따고, 시간을 효율적으로 사용한 것 같지만 사실 남는 것은 별로 없다.

그런데 사설시조가 나오면 문제가 달라진다. 시조 두 수의 시간을 짐작하기 어렵다. 그래서 다섯 행을 두 수 읽는 시간으로 간주하고 책장을 넘겨도 그 시간이 정확하지가 않고 시간이 더 걸려 공연히 짜증이 난다. 사설시조는 말만 시조지 시조 같지가 않다. 이것이 왜 산문시로 들어가지 않고 정형시 속에 들어가 있는지 이해가 안 된다. 사설시조가 많이 들어 있는 시조집은 보자마자 나도 모르게 맥이 쭉 빠진다. 긴장이 풀어진다. 그러니 보자마자 손사래를 치게 된다.

우리 시조는 7백 년 이상 전해오는 우리만의 문학이다. 세계적으로도 유래를 볼 수 없이 오랫동안 지속해온 희귀한 존재라, 노벨상에 가장 접근하기 쉬울 것이라고들 한다. 왜냐하면 시나 소설은 외국의 벽을 넘기가 어려울 것이나 시조는 우리밖에 없기 때문이다.

비근한 예로 일본의 하이쿠는 열일곱 자로 되어 있는 양식으로, 글자 수가 적음에도 세계적인 장르로 자리매김 하고 있다.

우리 시조도 그렇게 되기 위해서는 우리만의 독특한 개성과 된장

냄새가 물씬 나는 색깔을 내야 한다. 그러자면 단수가 가장 좋을 것 같다. 적어도 두 수 이하로 자리매김하여 자리 잡으면 특이한 장르로 인정받지 않을까 싶다. 시조랍시고 사설시조를 많이 써 놓는다면 외국인들이 보면 우리나 알고 있는, 초장 종장 자 수 몇 개 맞췄다고 그것을 시조라고 인정하겠는가? 그들이 보면 사설시조는 시조로 보기보다는 산문시로 볼 게 뻔하다.

지금 우리 정형시집 속에는 단수를 쓰는 사람이 많지가 않다. 연시조와 사설시조만 넘쳐난다. 단단하고 야무지고 또글또글한 밤톨같이 알맹이만 가득 찬 단 시조야 말로 노벨문학상 감이 아니겠는가?

북청으로 달려간 청년 -서울노인 복지관 서예실에서

내 옆에서 먹을 갈고 있는 미수를 두어해 남긴 북청 전 영감

세상이 하 귀찮아 귀를 반쯤 잠가 놓고 있다

통통거리는 손자 녀석만 보면 그의 붓 끝은 축구선수 다리보다 힘이 붙어

대나무 같이 쭉쭉 뻗고 소나무보다 더 푸르른 향기를 내 뿜고 바다보다 더 깊다

작년에 금강산에서 큰 딸이 전해준 말, 어머니는 삼 개월만 기다리라는 말만 믿고 오십 년을 더 넘게 남쪽만 바라보다가 삼년 전에 눈을 감았다고

그 생각만 하면 아무리 정신 차려 붓을 힘껏 쥐어도

취한 듯 楷書를 써도 行書로 草書로 미끄러져

비루먹은 말처럼 흙탕물에 뒹굴어 버린다.

딸이 준 액자 속에는 뛰놀던 고향이 있고

목이 빠져라 기다리다 간 아내의 눈물이

인삼주 한 병에는 되돌리고 싶은 세월이 담겨 있어 그리움을 홀짝

마신다

가슴에 비가 온다

먹으로 가슴을 간다

찢어진 하늘을 간다

벼루를 한 바퀴 도는 먹물은

강을 건너고 산을 넘어

이십대 청년이 되어 북청으로 달려간다

늦은 밤의 노크

"붓 가는 대로 쓰면 된다."는 말만 믿고 가벼운 마음으로 붓을 잡는다. 붓이 길을 잃고 허둥댄다.

늦은 밤에 남의 집 방문하듯이 망설이다 엉거주춤, 수필 교실을 노크했다. 크고 넓게만 보이던 길이 너무 좁고 건너가기가 어려웠다. 그때부터 유명한 수필가의 작품을 읽기 시작했다.

내 책꽂이에는 동인지 까지 합하면 그럭저럭 60여 권의 수필집이 꽂혀 있다. 베이컨, 찰스 램, 페이터, 릴케, 루소, 쇼펜하우어, 몽테뉴, 박제가, 이재현, 이규보, 이인로, 이태준, 김용준 등의 작품집이다.

또한 수필을 공부하면서 우리나라 수필가의 수필집 한 권도 안 사 읽는다는 것은 어쩐지 체면이 서지 않은 것 같아서, 이왕이면 〈한국의 명 수필〉이라는 책 1,2권 샀다. 그런데 수록 작가들이 특정 대학출신들로 편재된 것 같아서 분류해 보았다.

서울대 26명, 이화여대 9명, 숙명여대 3명, 경희대, 동국대, 중앙대, 원광대. 경북대 각 2명씩이다.

총 119편인데 많이 수록된 순서로는 피천득 5편, 손광성 4편, 맹난자 3편, 박연구 3편, 윤오영, 이양하, 조지훈, 장영희, 황동규, 김훈, 목성균, 이어령, 안도현 등이 각 2편씩이다.

한 가지 놀라운 사실은, 지금은 없어진 모 신문사 문화센터에서 같이 공부한, J란 여자의 작품이 그 책에 실렸다는 사실이다. 그녀와는 함께 공부한 적이 있었다. 그녀는 부산에 거주하면서 매주 서울까지 와서 공부했다. 그때 그녀와 나는 같은 교실에서 공부를 했었다. 거기서는 작품을 공개하는 것이 아니라, 습작품은 선생이 집에 가져가, 잘못된 부분만 빨간 펜으로 지적해 본인한테 돌려주었다. 때문에 일 년여를 같은 교실에 앉았어도, 그녀가 시를 공부하는지, 수필을 공부 하는지, 어느 정도수준의 작품을 쓰고 있는지는 전혀 몰랐다.

그러던 어느 날, 기행문과 기행수필에 관하여 선생한테 질타를 받을 적에야, 그녀가 수필 공부한다는 것을 알았다. 그때 그녀는 수필을 공부한 지 한 5년쯤 된다고 울상을 하며 콧물을 찔끔거렸다. 시와 수필을 같이 공부 하다 보니 대부분 시 이야기만 하기 때문에 수필 공부한 사람은 불리한 입장이었다.

그랬는데 그녀는 다른 곳에 가서 수필로 등단하자마자 여기저기에다 많은 작품을 발표하고, 모 신문에 칼럼도 쓴다고 하였다. 약사이기 때문에 그 방면의 글을 많이 쓴다고 하였다. 내친김에 어느 수필 문학상을 수상했으며, 모 수필지 편집인으로 활발하게 문인활동을 하고 있었다.

여기에 실린 작품은 그녀의 등단작인 것 같았다. 우리 모두에게 등단지를 선물하여 그때 읽은 기억이 가물거리는 것을 보니, 그녀는 그녀의 등단 작이 대표작이 되었다.

시도 등단작을 능가하기가 어렵다고들 한다. 예를 들면, 조지훈의 '승무' 송수권의 '산문에 기대어'도 그들의 등단작이면서 대표작이고, 또 한국의 명시로 자리 잡고 있다.

시를 공부하면서 나는 초보자에게 말하곤 했다. "달랑 한 편 써 가지고 발표하려고 안달복달 서둘지 말고 적어도 2,3십 편 써 놓고 묵혀가면서 발표하라"고 그렇게 말한 주제에, 정작 나 자신은 수필이라고 딱 한 편 쓰고 그것을 발표하고 있으니, 자기 허물은 보지도 못하고 남의 허물만 나무란 격이다. 적어도 열 편이나 스무 편쯤 써 놓고 뜸을 들이면 따뜻하고 먹음직스런 먹을거리가 되지 않을까.

서예교실에서 만난 어느 여인

1

나의 문학 수업은 서예교실에서부터 시작되었나 보다.

암 치료 후, 시낭고낭 누웠다 일어났다 해 봐도 싱겁기는 매한가지 뭐 뾰족한 수가 없을까? 터벅터벅 걸어가는데 눈을 확 끌어당기는 플래카드에 '서예무료지도' 대문짝보다 더 크게 보인다. 가뭄에 단비보다 더 달콤한 소리다. 석관1동 동사무소 서예실을 노크하니 한글 서예란다. 서예면 다 한문만 가르치는 줄 알았는데 좀 내키지는 않더라도 굳이 한문을 써야만 하는 이유가 있는 것도 아니어서 붓을 들었다. 밑져봐야 본전이라고 생각하고 서예를 배우기로 했다. 더군다나 벽면에는 오우가가 붙어 있어 기분이 좋았다.

남들은 시조 한 수를 철저하게 연습하고 다른 수로 넘어 가는데 나는 대강대강 여섯 수를 자꾸자꾸 다시 써 봤다. 혹시 시조가 눈에 들어오기라도 할 것 같은 기대를 했다. 그러자 그것이 현실로 다가오니 뛸 듯이 기뻤다. 10개월쯤 연습하니 오우가 6수가 술술 풀려 나왔다. 딱히 암기하려고 별도로 노력은 하지 않았는데도 기억되었다는 것이 너무 좋았다. 그럼 이제부터 마음에 드는 시를 암기해 보자고 하나 둘 계속 암기했다. 처음에는 오우가를 6수로 계산했다. 그래야 시를 몇 편 암기 한다고 생각 하고 싶어서였다. 그러나 오우가는 단시조가 아니고 연시조이기 때문에 한 수로 쳐야 옳았다. 그럭저럭 하다말다 했어도 이번에 세어보니 단수 까지 합치면 250여 편이었다.

교실에 앉을 때는 대개 자기가 앉았던 자리에 앉는다. 내 뒤에 꼭 할머니가 앉았다. 그녀는 한문만 쓰고 있었다. 여기는 한글반인데 한문만 쓰다니 선생이 화 내지 않을까 신경이 쓰여 뒤돌아보면 언제나 같은 내용이었다.

"할머니 뭘 쓰세요."

"영감 비문을 내 글씨로 쓰려고요"

"무슨 뜻인 줄 아세요?"

"몰라요. 그저 그리고 있어요."

글씨가 제법 세련되어 채본을 어디서 구했느냐니까 한문 선생한테서 특별히 받았다는 것이다. 잘 쓰신다고 내가 말하자 "뭐 장난삼아 하는 거지요." 그녀가 겸손하게 말하며 고개를 다소곳이 수그린다. 영감 생각이 나서 그러는지 내 칭찬에 기분 좋아 그러는지는 알 수 없다.

영감이 쓰던 벼루를 한나절 내내 만지작거리던 할머니가

붓을 잡고 글씨를 그린다.

그림을 쓰는지 글씨를 그리는지

그저 먹을 갈고 먹칠을 할 뿐 필법을 아는 바가 없다.

"잘 쓰시네요." 하면 "뭔지 모르고 그냥 흉내 내고 있어요." 하고,

귓불 붉은 소녀가 된다.

영감이 보고 싶을 때 붓을 힘껏 움켜쥐고

영감 얼굴 더듬으며 못 다한 이야기를 붓으로 말을 한다.

튀어나간 먹물이 눈물자국 만들어 강물이 되고 섬이 되 때 까지.

〈필법〉이라고 할머니 심정을 더듬어 봤다.

서예교실에서 만난 심씨

안국동에 있는 서울 노인 복지관은 아마 전국에서 제일 규모가 클 것이다. 보통 하루에 2천 명씩 무료 급식을 한다. 서울은 물론이고 경기도나 충청도 노인들도 더러 애용하고 있다.

수강 신청 때 보면 컴퓨터가 경쟁이 심하고 서예도 꽤나 인기가 있다.

오늘의 주인공은 심씨다. 나는 그를 심학규내 심 씨라고 부르는데, 그도 그 소리가 싫지는 않은지 "그래 심학규내 심씨야"라고 맞장구를 친다. 삐쩍 마른 체격에 안경 까지 끼고 있다. 약간은 코맹맹이다. 애교로 들어줄 만하다. 적당히 잘 써 놓고도 '안뒤야' '안뒤야' 곧 죽어 가는 소리를 하지만 그의 글씨는 그를 닮았는지 길쭉길쭉 시원하다. 몇 년은 죽어라고 연습한 글씨인데도 안 된다고 숨 넘어 가는 소리로 너스레를 떤다. 그런 그가 갑자기 특유의 목소리로 "자, 붓을 놓고 차 한 잔씩 합시다." 어깨에 힘을 준다. 얼핏 들으면 무슨 소리인지 잘 못 알아듣는데 그 소리는 선명하게 귀로 들어온다. 그래 봤자 커피 20잔이면 3천 원이다. 더러 안 먹는 사람이 있어 그 돈이면 뒤집어쓴다.

점심 먹고 두세 시간 지나 지루하고, 따분하고, 하품이 나오고, 다리가 저리고, 온 몸이 근질근질할 때 "자 갑시다." 80은 채 못 되어 보이는 심씨가 한 잔 쏘겠다는 소리다. 100원 하던 자판기 커피가 50%이상 됐다고 투덜거리면서도 우리는 즐겨 마신다.

개미가 거동을 시작하고, 개구리가 처마 밑으로 들어오고, 날 파리와 제비가 낮게 날고, 물고기가 물 밖으로 입을 내 놓고, 달무리가 생기고, 날씨가 후덥지근하고, 다 나았던 다리가 쑤시고, 입 다물고 있던 칠성이네가 앙코르 없이도 열곡 스무 곡을 불러 제키고, 도랑물이 조금씩 불어난다.

수도를 옮긴다, 못 옮긴다, 보안법을 철폐한다, 안 된다, 호주제를 폐지한다. 말도 안 되는 소리다. 일제를 청산한다. 과거사를 정리한다. 어쩌고 하는 소리는 날궂이 축에 끼지 못 한다.

"이 우산 뉘 꺼요?"

"내 것인데."

건너편 심씨가 손을 든다.

의자에 앉을 때 엉덩방아를 찧는 사람은 보았으나 2~30분 동안 열심히 하늘天 따地를 쓰던 심씨가 '아이쿠 엉덩이야' 철푸덕 떨어진다.

"오늘 웬일이요?"

“날궂이 하는 거지 뭐”그러고 보니 아침에 구름이 오락가락 하더니 지금은 토드락 탁탁 장대비가 쏟아진다.

〈날궂이〉란 제목이다

서예교실에서 만난 전영감

전영감은 나이가 많은 축에 든다. 그래서 그런지 가는귀를 먹어 가지고 가만히 말을 하면 잘 못 알아듣는다. 대화를 하다보면 동문서답을 하기 일쑤다. 잘 모르겠으면 다시 물어 보면 되련만 그만 지레짐작으로 말을 하니 들을 재미가 없다. 사람이 늙으면 다 저렇게 되는구나, 모르는 척 속으로 비웃는 것이 얼마나 비참한 일인가, 끔직한 일이다. 그래도 붓을 한번 잡으면 열심이다. 선생한테 가끔 칭찬도 듣는 것을 보면, 글씨는 꽤나 쓰나 보다. 우연히 자기 이야기를 하는데 북청 출신이고 딸 둘하고 마누라만 놓고 월남 했다고, 작년에 금강산에서 큰딸을 만났는데 작은딸도 죽고 마누라도 죽었다는 것이다.

딸이 준 소주 한잔 주겠다고 약속해 놓고 깜박했는지 줄 생각을 하지 않고 지금까지 감감 소식이다. 내 옆에서 먹을 갈고 있는 미수를 두어 해 남긴 북청 전 영감 세상이 하 귀찮아 귀를 반쯤 잠가 놓고 있다. 통통거리는 손자 녀석만 보면 그의 붓 끝은 축구선수의 다리보다 힘이 붙어 대나무같이 같이 쭉쭉 뻗고 소나무 보다 더 푸르른 향기를 내 뿜고 바다보다 더 깊다.

작년에 금강산에서 큰딸이 전해준 말, 어머니는 삼 개월만 기다리라는 말만 믿고 오십 년을 더 넘게 남쪽만 바라보다가 삼 년 전에 눈을 감았다고, 그 생각만 하면 아무리 정신 차려 붓을 힘껏 쥐어도 취한 듯 楷書를 써도 行書로 草書로 미끄러져 비루먹은 말처럼 흙탕물에 미끄러져버린다.

딸이 준 액자 속에는 어릴 때 뛰놀던 고향이 있고
목이 빠져라 기다리다 간 아내의 눈물이 고여 있고
어른도 되어 보지 못 하고 간 둘째 딸의 슬픔이 어른거린다

인삼주 한 병에는 되돌리고 싶은 세월이 담겨 있어
그리움을 홀짝 마신다
가슴에 비가 온다
먹으로 가슴을 간다
찢어진 하늘을 간다

벼루를 한 바퀴 도는 먹물은
강을 건너고 산을 넘어
이십대 청년이 되어 북청으로 달려간다

〈북청으로 달려간 청년〉이라고 전 영감의 심정을 그려 봤다.

이렇게 슬픈 과거를 지니고도 모든 것을 다 초월한 듯 붓을 잡은 복지관 서예교실은 붓 끝이 힘차고 새해 아침 해가 떠오르듯 희망이 가득 차 있다.

나무늘보 왕이 되다

동물나라 선거전 유세장에 불붙었다.

다리가 긴 기린 시속 50km로 달려 나와 키가 큰 내가 왕이 되어야 한다.

큰 귀를 나풀거리며 시속 39km로 달려 나온 코끼리, 무게로 보나 힘으로 보나 내가 왕이 되어야 한다.

멋진 갈기를 휘날리며 시속 64km로 달려 나온 사자, 핵주먹의 소유자인 내가 당연히 왕이 되어야 한다.

늘씬한 몸매를 자랑하며 시속 110km로 뛰어나온 치타, 육상의 꽃 100m 세계 신기록 보유자인 내가 왕이 되어야 한다.

휙 칼바람 소리 내며 시속 320km로 가뿐히 내린 바늘꼬리칼새, 세상에서 제일 빠른 내가 왕이 되어야 한다.

연미복차림으로 차림으로 시속 200km로 내려 앉아 점잔 빼는 제비, 방안의 숨소리 까지 듣고 사는 내가 왕이 되어야 인간과 공존할 수 있다.

휘청휘청 시속 16km로 기어 나온 뱀, 전후좌우 땅속 물속 전천후로 살필 능력 있는 내가 왕이 되어야 한다.

노란 황금으로 온 몸을 치장하고 뒤뚱뒤뚱 시속 17km로 거만 떨며 나온 돼지, 국민소득 10만 불시대로 만들겠다. 내가 왕이 되면 전 재산을 전부 사회에 환원하여 일자리를 창출, 실업자를 없애고....

그 말이 끝나기 바쁘게 구석에서 찍소리도 못 하고 웅크리고 있던 들쥐, 통 큰 기침을 한 번 하고 돼지의 치부를 들춰낸다. 너는 위장 전입하여 땅 투기 하고 주가 조작하여 부당이득 취하고, 저임금을 착취한, 네 배밖에 채울 줄 모르는 졸부라 도덕성 결함 때문에 너는 왕이 될 자격이 없다.

여기 없는 듯 조용한 나무늘보님은 시속 1km의 속력밖에 못내 행동은 느리지만 한 달에 화장실 네댓 번밖에 가지 않기 때문에 뇌물을 먹지 않을 것이고, 높은 데 살고 있으니 세상을 고루 살필 것이고, 무엇보다 아직 남을 해코지 한번 한 적 없으니 이분을 추천 합니다.

짝짝짝, 만장일치로 나무늘보 당선이요.

봄날은 간다 1

아침 신문을 보다가 눈동자가 갑자기 커진다. '시가 있는 아침'난에 '봄날은 간다.'가 게재돼서다. 이 난은 국내외를 막론하고 유명한 시만 싣는 줄 알았는데 생소한 대중가요라니 깜짝 놀라지 않을 수가 없다. 시인들은 보편적으로 대중가요를 저속하다고 폄하하기 때문이다. 오늘은 무슨 바람이 불었는지 시가 있어야 할 자리에 대중가요가 꿰차고 있다.

하기야 몇 년 전에 시인이 좋아하는 대중가요에 '봄날은 간다.' 가 선정 된 적이 있었다. 뿐만 아니라 많은 시인들이 시의 제목으로 '봄날은 간다.'를 많이 쓰고 있다. 그렇다면 시인들도 '봄날은 간다.'를 많이 좋아한다는 말이 아닌가. 또 겉으로는 경시하면서도 노래방에 가면 언제 그랬느냐는 듯 능청스럽게 가요만 잘도 부른다.

이 노래를 선택한 김사인 교수는 "연분홍 치마와 새파란 풀잎, 열아홉 시절의 이미지들은 적절할 뿐 아니라 연결 또한 유려하다. 이어 산제비 넘나드는 성황당과 청노새 짤랑대는 역마차길. 뜬구름 흘러가는 신작로'가 펼쳐져 생생함을 더한다. 여기에 곡조까지 이만한 국민 애송시가 또 있는가. 좋은 노랫말은 그 자체로 좋은 시이며, 시는 좀 더 노래 불러야 한다." 고 했다.

놀란 것은 '이만한 국민 애송시가 또 있는가.'라는 말이다. 대중가요 가사를 '국민 애송시'라고 말하였고 '이만 한'이란 말은 최고수준이라는 말이 아니겠는가.

작곡자 박시춘은 언제나 정장 차림에 소주를 즐겨 드셨고 근엄하시고 체격이 크지 않아도 무게가 있어 보여서인지 어려웠다. 작사자 손로원은 점퍼 스타일에 막걸리를 즐겨 드셨고 자상한 성품이라 편히 대할 수 있었다. 가수 백설희 와는 가까이 지내지 않았다.

연분홍 치마가 봄바람에 휘날리더라.
오늘도 옷고름 씹어가며 산 제비 넘나드는 성황당 길에
꽃이 피면 같이 웃고 꽃이 지면 같이 울던
알뜰한 그 맹세에 봄날은 간다.

저녁에 주말 연속극에서 약속이나 한 것처럼 중견 여자 탤런트가 위 노래를 반주도 없이 다 부른다. 연속극에서 몇 소절 흥얼거리는 것은 봤지만은 전곡을 다 부르는 것은 이례적이다.

'봄날은 간다.'라고 하면 사랑하는 사람과 아쉽게 이별하고 마음이 허전해서 서성이는 듯한 느낌이 든다. '여름날은 간다.'라고 하면 시원해서 좋겠네. 오히려 즐거워 할 것 같다.

'가을날이 간다.'라고 하면 오곡백과가 무르익고, 풍요로운 인심, 기러기 떼 줄지어 날아가면, 할 일 다 하고 마음이 한가롭고 여유로운 생각이 든다.

'겨울날은 간다.' 라고 하면 '겨울은 간다.' 라고 해야 더 어울릴 것 같다. 하지만 손가락 호호 불며 추워야 어서 가라 눈 흘기며 발을 동동 굴러도 머지않아 희망이 가득한 새날을 기다리는 처녀처럼 가슴이 부풀어 오를 것이다.

창 밖에는 벚꽃이 하르르하르르 어린 나비처럼 날아다닌다.

봄날은 간다 2

하늘의 별만큼 많은 시詩중에서 반짝 빛나는 '시가 있는 아침' 난에 '봄날은 간다'가 또 실렸다. 같은 시가 두 번 실리기 어려운데 대중가요가 두 번 실린다는 것은 기적에 가까운 일이다.

이영광 고려대 교수는 '인생의 희로애락을 아직 모르는 청춘의 계절 봄은, 짧은 만큼 긴 상실감을 준다. 봄과 그 밖의 계절들 - 연분홍 치마 입고 풀잎을 보며 열아홉, 그녀는 떠난 사람을 그리워한다. 꽃과 별과 새와 더불어 울고 웃던 그는 어디 갔나, 맹세와 기약은 가슴에 못처럼 박혀 있고 부르던 노래는 사방에 울리는데, 깨는 듯 조는 듯 봄날은 간다. 꿈인 듯 생시인들 봄날은 간다'. 라고 하셨다.

TV를 켜니 이승기 등이 저녁 늦게까지 무슨 연습을 했는지 아침을 속초에 있는 이승기 할머니 댁에서 먹기로 하고 할머니 댁으로 갔다. 팔십이 넘은 할머니는 아담한 집을 지어놓고 혼자 사시는데, 어떻게 준비했는지 푸짐한 밥상이 나온다. 아침을 먹고 나서 고마워서 그런지, 맛있어서 그런지, 인사치레인지, 세상에서 제일 맛있는 밥을 먹었노라고 치하를 한다. 노인 혼자서 다섯 명 밥 준비하느라 힘이 들었을 것이다.

할머니는 연예인들과 손자가 와서 너무 흥겨운지 '봄날은 간다.' 몇 소절 흥얼거린다. 신문에 봄날은 간다가 실리면 TV에서 그 노래를 부른 것이 신기하다.

아침을 먹은 그들은 부지런히 떠난다. 할머니는, 보면 즐겁고 떠나가면 아쉬운 노년의 심정을 토로한다.

오늘 큰 행사가 있는 모양이다. 차인표가 감독으로 이상윤, 양세형, 이승기, 육성재가 한 팀으로 장애인 환자를 위로하는 행사다. 양세형의 사회로 다섯 명이 율동에 맞춰 〈샤방샤방〉을 부르며 공연을 시작한다.

아주 그냥 죽여줘요
누구나 사랑하는 매력적인 내가 한 여자를 찍었지
아름다운 그녀모습 너무나 섹시해
얼굴도 샤방샤방 몸매도 샤방샤방
얼굴은 V라인 몸매는 S라인
아주그냥 죽여줘요

요란한 박수 소리가 난다. 그들이 노래를 잘 불렀다기보다는 그들의 인기가 하늘을 찌를 만큼 충만하기 때문이다.

그러나 아무래도 노래 선정이 잘못된 것 같다. 장소가 장애인 환자를 위로하는 장소이고 어린 환자도 있는데 선정적인 노래는 무리가 아닌가 하는 생각이 든다.

좀 더 건전하고 환자들의 꿈과 희망을 가질 수 있는 노래였으면 얼마나 좋았을까?

이어서 옹알스의 공연은 압권이다. 코믹한 분장하며 익살스런 연기로 공을 돌리는 연기는 하늘을 찌를 만큼 관객을 웃긴다. 그들의 분장과 행동도 또한 분위기에 맞게 잘 어울린다. 모처럼 속이 후련하다.

참새가 방앗간 못 지나고

여든 살까지는 신춘문예, ○○ 문학상, 여러 백일장에 참여했다. 나름대로 최선을 다했다. 낙선이 되더라도 준비하는 과정에서 정신이 집중되고, 도전했다는 데 의의를 두고 만족하고 살았다.

여든한 살이 되니 철이 좀 든 것 같다. 어차피 되지도 않을 것 왜 애쓰고 야단이냐고 핀잔주는 소리가 들리는 것 같기도 하고, 모든 것이 의욕이 떨어져 평소에 잘하던 일도 더듬거리기 일쑤였다.

늦게 시작한 시 공부를 만회하려고 시를 많이 암기했다. 암기한 시를 일주에 한 번씩 읽고 암송했다. 십여 년을 슬슬 암송했던 작품이 어느 부분이 생각이 나지 않으면 기억 날 때까지 몇 날을 끙끙대다 눈동자만 굴리며 기다렸다.

이래저래 하는 일이 더디고 능률도 안 오르니 게을러지고 평소 하던 일도 차츰 줄어들었다.

새해가 되면 신춘문예 시집과 문학상 몇 권, 선별한 시집 묶은 것 몇 권, 꼭 사서 읽었다. 금년은 시월도 다 가는데 궁금하지도 않은지 〈신춘문예〉도 못 샀다. 아니, 사러 가고 싶지가 않았다. 무슨 신문에 누가 당선 됐는지 작년에 최종심에 오른 사람이 금년에 턱걸이 하는 사람은 있는지, 알고 싶지도 않았다. 늙음이란 참 무서운 일이다. 이렇게 사람이 태만해지는 것이다.

제9회 가람문학상에 오종문 시인이 수상자가 되었다고 하여 시상식에 참여하였다. 오 시인은 실력에 비해 상복이 없다고 그 분에게 말한 적이 있었다. 내가 받은 것보다 기뻐서 동행자를 찾았으나 그를 아는 사람은 한정 되어 있었다. 갈 만한 사람은 다 못 간다고 했다. 다행히 K가 간다고 하여 함께 가서 축하하였다.

〈참새가 방앗간 그냥 못 지난다.〉고 시조 백일장이 열리는데 그냥 지나칠 수가 없어서 대학 일반부로 참여했다. 금년에는 시 한 편 쓰지 않고 오로지 수필에만 전념한 탓에 아무런 준비가 없었다. 또 삼사일 전 까지 그런 생각도 해본 적이 없었다. 익산 오는 것부터 너무 급하게 결정한 일이었다. 금년에는 가람문학관 개관식과 시상식, 백일장을 한 날 같은 장소에서 진행하니 마음만 먹으면 백일장은 누구나 손쉽게 참여할 수 있었다.

백일장 장소에 들어가면 언제나 가슴이 설레고 마음이 다급했다. 시제가 〈수우제〉였다. 눈에 익숙하다. 많이 들어 봤지만 막상 어디 있는지는 모르겠다. 아마 이 부근에 있는 조그마한 제일 것이란 짐작으로 시조를 지었다. 백일장에 참여하여 입상하리란 생각은 안 했지만 원고를 받으니 정성껏 쓰고 싶었다. 몇 번을 고치고 또 고치고 퇴고했다.

원고를 접수하고 수우제가 어디 있느냐고 물으니 가람생가가 수우제라 하지 않은가. 그러면 수우제에 앉아서 수우제를 몰랐단 말이다. 다들 수우제를 알고 쓰고 나 혼자 모르고 쓴 것 같다. 느티나무라고 쓴 것을 대나무나 차라리 탱자나무라고만 썼어도 좋았을 것을, 참 아쉽다.

후회하면 무엇 하나, 어차피 오늘은 시상식 왔지 백일장 온 것이 아니잖은가. 그렇더라도 장소라도 확실히 알았으면 좋았을 것이었다.

여기 백일장에선 입상도 하고 입선도 하고 낙선한 적도 있다. 그래서 익숙하다. 아무런 준비 없이 참여 했어도 투고를 하고 나면 은근히 기다려지는 게 인지상정이 아니겠는가.

아직도 할 일이 많은데

검사 결과 '고위험군'이란다. 알기 쉽게 말하면 건강하지도 치매도 아닌 그 중간에 있다는 말이다. 그 말은 너무 생소하다. '너는 치매 안 걸리겠다'는 말을 문우들한테서 수없이 들어왔기 때문이다. 해서 치매는 나하고 아무 상관없는 줄 알았다. 그들 중에는 신춘문예 등단자도 있고 우리나라에서 최고 권위를 자랑하는 문학상을 받은 사람도 있고, 또 신춘문예나 권위 있는 문예지로 등단하고자 공부한 사람도 더러 있다. 어림잡아서 오백 명은 넘을 것 같고 천 명은 좀 안 될까 하는 문우들이 내가 암기한 시가 시집 세 권 분량쯤 된다고 하면 거의 감탄하고 놀란다.

그런데 치매 센터 면담 선생님들은 내가 암기한 시 제목이 A4용지에 앞뒤로 적혀 있는 것을 들고 있어도 그런 것은 아무것도 아니란 듯 눈여겨보지도 않는다. 또 습작 시 한 편씩 매주 발표한다고 떠들어도 귀 담아 들으려 하지 않는다.

곰곰이 생각해보면 76살 때부터 감정이 무디어져서 시를 쓸 의욕이 생기지 않았다. 몇 년 동안 줄줄이 암기한 시가 갑자기 꽉 막혀 생각이 안 난다. 외출할 때면 핸드폰, 열쇠, 돋보기 찾느라 온 집안 뒤지기 일쑤다. 하늘걷기, 파도타기 운동할 때는 오백 번인가 육백 번인가 깜박깜박 한다. 백번 더 하면 어떻고 덜하면 어떤가? 편안하게 생각한다. 그렇지만 매일 먹는 약은 먹었는지 안 먹었는지 헷갈릴 때가 있다.

그것을 극복하는 방법으로, 생각난 것은 미루지 않고 즉시 행한다. 예를 들면 빠진 이 임시로 만들어준 보철은 생갈 날 때 끼워야지 하면서도 세수하고 끼우려고 마음먹었어도 십중팔구는 잊어 먹는다. 아무래도 치매가 온 거야.

동대문구 치매지원 프로그램에 참가하고 보니 참 잘했다는 생각이 든다. 치매는 미리 예방하면 방지할 수 있다는 교육을 받고 나니 자신이 생겨 운동도 열심히 하려 노력한다. 치매에 좋다는 음식도 섭취하려 한다.

음악 프로그램은 그 곡의 계명과 코드까지 알고 있지만 몇 소절 지나 딱딱치는 것은 깜박할 때가 있어 더러 얼굴이 붉어지기도 한다.

인지 프로그램은 문학 하는 사람은 쉽게 할 수 있을 것 같은데 쉬운 것도 생각이 잘 안 난다. 선생님께서 답을 알아야 할 것 아니냐고 해도 그 답을 알 필요가 없다고 했다. 내가 필요한 것은 내 습작품을 작품답게 다듬는 일이지 이런 기본적인 문장은 필요 하지도 않을 것 같아서다.

이렇게 큰 소리 치고 있어도, 무엇을 암기 하라고 하면 영 자신이 없다. 이번에 시 한 편 암기 하는데 약 삼 개월이 걸렸다. 거의 한계점에 온 것 같다. 농담반 진담반 나는 치매 걸렸다고 떠든다. “일흔여덟 살 먹어 가지고 대학생들과 백일장 경쟁하려고 하니 어디 가당키나 하는 소리인가?”라고.

작년에 전국 대학, 일반부 시조 백일장에 동상 입상하여 시상식에 참석하고 보니 장원은 내 손자보다 더 어린 학생이었고, 금상과 은상 수상자는 내 자식뻘이었다.

이 글을 쓰고 있는데 같은 교실 시조 반 학생이 7월 중앙일보 시조 백일장에 장원 했다는 메시지가 왔다. 금년에 벌써 두 명 째다.

동대문 치매지원센터에 가면 마음이 편안해지고 즐겁다. 치매가 비껴갈 것이란 생각하니 자신감이 생기고 모든 것이 긍정적으로 보이고 뭐든지 될 것 같은 느낌이 온다. 그러나 새벽 호랑이처럼 마음만 조급해진다. 지금은 백세시대야 시간이 많이 남았다고, 그 시간이면 초등학교 입학해도 박사학위 받을 시간이라고. 서둘 필요가 없다고 자위해 본다.

지금부터 하고 싶은 것, 해야 할 것, 차근차근 정리하기를 실천해야겠다. 나는 아직 운동할 공간이 있고, 숨 쉴 하늘이 있다. 서둘지 않고 여유 있게, 그래 지금부터 시작이다.

삶,
살며 사랑하며 미워하며 살아낼 기억의 편린들

아침저녁 볼 적에는 귀한 줄 몰랐는데

비행기를 태우고 나니 그리움만 쌓이네

드넓은 서울 하늘 한 구석 비었구나

붙잡아도 소용없이 떠나가야 할 길이라지만

아아아 꽃자야 네가 보고 싶구나

펑크 난 삶을 때우던 시절

천호동 입석 버스 종점에서 일어난 일이다. 가게 앞에 트럭을 갖다 댄다. "마꾸라끼 갖다 하도메 치고 작기 떠" 기술자가 나에게 하는 말이다. 그 말을 듣고도 멍하니 서 있었다. 말뜻을 알아듣지 못하니, 무슨 일을 어떻게 해야 할지 안절부절 못하고 있을 수밖에 없었다.

그 후에 알게 되었지만, 나무토막으로 차가 움직이지 않게 앞뒤 바퀴를 고이고, 또 바퀴를 뺄 수 있게 차를 들어 올리라는 말이었다.

이렇게 나는 속칭 노가다(막노동)로 변신한 하루를 시작했다. 명칭은 '서울승합 자동차 수리부'다. 그렇지만 회사에 부속 된 것이 아니고 개인이 운영한 곳이다.

'타이어 펑크를 수리하면 큰돈은 못 벌어도 밥은 먹을 수 있다'고 가장 친한 친구가 적극 추천해서 시작한 일이었다. 이 친구는 맨손으로 서울로 올라와 타이어 장사를 해 자수성가했다. 후에 국회의원 출마를 권유받을 정도였다. 그런 친구인지라 믿음이 갔다.

기름밥은 텃세가 심하니 외부적으로 그 친구가 주인이고, 나는 조수 겸 관리인처럼 꾸몄다. 그 친구는 이 회사 사장과 가까이 지냈다.

또 타이어 장사하니까 펑크 수리하는 것은 너무나 당연한 일로 여기고 의심하는 사람이 없었다.

서른 살이 훌쩍 지난 나이에 주인도 아니고 펑크쟁이 조수라고 하면 볼품도 없고 천하게 보일 수밖에 없었다. 보기에는 쉬워보여도 이놈의 펑크가 예고도 없이 발생한다. 때문에 하루 종일 대기하고 있어야 하고, 휴일도 명절도 없었다. 하여 따분하기도 하고 정신적으로 육체적으로 피곤할 수밖에 없었다.

버스 정비를 배우러 오는 지망생들은 대부분 10대였다. 그런데 나는 나이가 그들보다 너무나 많으니 나를 아주 불쌍한 사람으로 취급하기 일쑤였다. 버스 정비할 때 보면 대부분 일본말을 그대로 썼다. 우리말로 번역해서 써도 되련만 전통적으로 내려오는 말들을 그대로 배워 쓰다 보니 자연스럽게 일본어 일색으로 통했다.

운행을 끝낸 버스가 종점에 서면 정비사들은 차를 점검한다. 고장난 곳은 물론 취약부분과 의심되는 부분도 예방 차원에서 밤새워 정비한다. 그러니 우리도 덩달아 밤에도 잠을 제대로 잘 수 없다. 밤중이고 새벽이고 펑크가 나면 쫓아온다. 그때는 즉시 일어나서 때워 줘야한다.

정비를 하다 보면 보로(하얀 색의 내의나 면으로 된 부품을 닦아 쓰기 좋게 만들어놓은 것)를 가지러 온다. 잠결에 주다 보면 기록이 제대로 안될 때가 있다. 그때는 누가 밤새워 정비했는지 물어보고 적당히 버스 이름 앞으로 써 넣기도 한다. 사용 안한 버스는 바가지를 쓴 셈이다. 정비사들은 정비할 때 가져가고, 차장은 차장대로 차 유리 문 닦느라 가져가니 서로가 헷갈리기도 한다.

기름밥을 먹다 보면 주고받는 대화들이 거의 욕으로 시작해서 상소리로 끝난다. 그렇다고 마음까지 그러지는 않는 것 같다. 개별적으로 대화하다 보면 욕할 때와는 달리 따뜻한 마음을 갖고 있지만, 기름밥 자체가 욕하는 것이 일상화 되서 욕을 듣지 않으면 잠이 오지 않을 정도라고나 할까.

깨끗한 옷을 한 번쯤 입고 싶어도 언제 바퀴 밑을 들어가야 할지 모르기 때문에 입을 수가 없다. 또 옷이 깨끗하면 일 하는데 방해가 된다. 그런 상황이니 시간이 있다고 하더라도 외출하기를 꺼렸다. 손톱 밑에는 검은 때가 끼어서 어쩌다 목욕탕에 가면 한 시간쯤 물에 담그고 있어도 때는 벗겨지지 않았다. 몸에 밴 기름 냄새도 빠져 나가지 않았다. 그래서 기름밥을 먹었다고들 하는데, 참기름이나 들기름이라면 몰라도 기계부품 바른 기름이라 실제는 먹지 못하지만 알기 쉽게 기름밥을 먹었다고들 한다.

나는 본래 손재주가 없는 사람이다. 또 어린 시절부터 거친 일을 별로 해본 적이 없다. 지금도 간단한 가전제품도 잘 사용하지 못한다. 청소기를 뜯어 놓고도 아내의 도움을 받아야 한다. 세탁기도 못 돌린다. 못 하나 제대로 박지 못한다. 형광등도 차라리 아내가 갈고 만다.

이런 내가 타이어 수리 한다고 하면 곧이듣지 않은 사람이 대부분이었다. 콤프레샤가 안 돌아 밤중에라도 정비사한테 부탁하면, 금세 손 봐 준다. 뿌라꾸를 뽑아서 밑 부분을 슬슬 갉아만 줘도 되었다.

C라는 친구도 천호동 다른 좌석버스 종점에서 펑크를 때웠다. 그 친구 말이 내가 하는 것 보면 자기가 훨씬 잘 할 수 있을 것이라고 생각하고 앞 뒤 재지도 않고 시작했다는 것이다. 나도 차츰 나를 잊고 기름장이가 되어갔다. 욕을 듣지 않으면 뭐가 빠진 듯한 느낌이 들도록 욕하고도 정이 들어가고 있었다.

나는 깨끗한 옷 한 번 못 입고 먼지투성이 기름밥을 먹고 있어도, 버스 타는 손님들은 상쾌한 기분으로 출퇴근한다고 생각하면 기분이 좋았다.

버스가 자꾸 늘어나 좋아했는데 그렇게 좋아할 일만은 아니었다. 호사다마라고나 할까, 30여 대의 버스가 60대가 되고 보니 천호동 종점에서 길동과 암사동으로 양쪽으로 갈라졌다. 갑자기 종점이 두 개가 되고 말았다. 나는 길동으로 가고, 암사동은 딴 사람이 자리 잡았다. 할 수 없이 10여 년 동안이나 정들었던 기름때를 시원섭섭하게 벗어놓고 말았다.

지난 세월 펑크 난 타이어를 때우는 일은 곧 나의 삶을 때우는 일이었다. 가장 낮은 곳에서 땀의 가치를 배웠다. 밑바닥에서 뒹굴어 봐야 세상을 제대로 볼 수 있고, 고생한 만큼 차츰 성숙되었다.

또미

또미는 브라질에서 사는 외손자 이름이다. 다시 말하면 큰딸의 큰 아들이다. 글자로 쓰면 Tomas인데 왜 또미라고 부르는지 모르겠다. 둘째손자도 Gabriel인데 '가비라고 부르는 것을 보면 줄여서 부르다 보니 그렇게 됐나 보다' 짐작할 뿐이다.

또미가 한 달여 전부터 우리나라에 온다고 하여 달력에다 표시해 놓고 초등학생 소풍 날짜 기다리듯 손가락으로 세어 보기 몇 번이던가! 마치 딸을 기다리듯 가슴이 설레는데 비행기를 놓쳐 막상 온다는 날짜에 오지 못한다니 분통이 터져 부글부글 끓는다. 세상에 비행기를 놓치다니, 하다못해 서울에서도 약속 날짜가 잡히면 며칠 전부터 지하철 노선표를 꺼내놓고 정거장 숫자 세어 보고, 시간을 짐작해본다. 당일엔 마음이 들떠서 건성건성 일이 손에 잡히지 않는데 어떻게 비행기를 놓친단 말인가.

더군다나 그 애는 브라질에서 수재들만 다닌다는 대학의 대학생이 아닌가. 세계대학 랭킹 6위쯤 된다고 자랑삼아 하던 말이 무색하게 생겼다. 칠칠맞게 비행기를 놓치다니 그게 어디 시내버스 같이 이번에 못 타면 몇 분 후에 탈 수 있는 것인가.

그 애 말이 미국에서 열흘쯤 놀다 오는데, 브라질 시간, 미국 시간, 한국 시간이 각각 달라서 그렇게 됐다는 것이다. 그 말을 들으니 이해는 간다. 여기서 비행기 타고 24시간 달려서 브라질에 가면 역시 같은 날짜다. 하루를 그저 먹은 것 같은 착각을 하게 된다. 영원히 거기서 산다면 하루쯤 이익을 볼 수 있는데, 다시 한국으로 돌아온다면 이익 본 날짜를 도로 까먹는 셈이다. 말하자면 우리나라보다 23시간 정도 늦다고나 할까.

어느 날 전화가 왔는데 "도마 있어요?" 수화기 목소리가 할머니 목소리 같기도 하고 어린아이의 어둔한 장난 목소리 같기도 하여 '칼은 말고 웬 도마만 찾아' 딸가닥 수화기를 내려놓으려다 가만 생각해보니 혹여 또미 찾는 소리가 아닐까 싶어 바꿔 주었더니 포르투갈어로 깔깔거리며 대화한다. 교환 학생으로 서울 대학에 와서 공부한 여학생이다.

이십 몇 년 전 큰딸을 김포 공항에서 혼자 보낼 때, 손을 흔들며 작별 인사를 하는데 얼굴엔 미소 짓고 있어도 속으로는 울고 있었을 딸, 비행기를 두 번이나 갈아타야 하는 그 먼 나라에 가서 어떻게 적응하고 살 것인가. 로스앤젤레스에서 상파울루로, 또 거기서 부에노스아이레스로 가야 할 텐데. 비행기 속에서 하루를 훨씬 더 보내야 하니 세계에서 제일 먼 곳이 아니겠는가. 더군다나 스페인 말 한 마디 할 줄 모르는 딸이, 낯설고 물선 나라에서 어떻게 살 것인가 생각하면 앞이 캄캄하고 눈물이 앞을 가렸다. 딸의 시댁 식구들은 일 년 전에 이민을 떠나고 거기서 영주권을 얻어 초청했기 때문에 딸은 혼자 가야 했다.

아침저녁 볼 적에는 귀한 줄 몰랐는데
비행기를 태우고 나니 그리움만 쌓이네
드넓은 서울 하늘 한 구석 비었구나
붙잡아도 소용없이 떠나가야 할 길이라지만
아아아 꽂자야 네가 보고 싶구나

딸의 별명은 양파다. 매운 양파가 아니라, 둥글고, 예쁘고, 야무지고 동그란 양파다. 동생의 막내딸이 딸을 꽂자 언니라고 부르면 딸애는 동생의 막내딸이 여름에 낳았다고 여름이라고 부르고, 서로 좋아 했기에 노래 가사에다 "꽂자야 네가 보고 싶구나" 했으니, 조카가 만든 말을 내가 허가도 없이 노래 가사에 도용한 셈이다. 이 노래를 만들어 놓고 딸이 그리울 때면 노래를 불렀다. 언제나 노래가 끝나기 전에 눈물이 나오고 눈물이 나오면 공연히 슬프고 외롭고 또 딸이 보고프곤 했다. 참 이상도 하지. 가사를 읽을 때는 그렇지 않은데 노래만 부르면 눈에는 이슬이 맺혔다.

또 그 당시는 내가 스탠드바에서 오르간 독주를 할 때였으니 쉽게 노래를 부를 수 있었다. 지금은 키보드가 있기는 하지만 연주 한 번하려면 다운 트랜스도 꺼내야 하고, 기타 줄은 녹슬어 노래 부를 기회가 거의 없다.

몇 년 전 칠순에 하객들에게 큰딸을 이민 보내면서 만든 노래를 오랜만에 기타를 잡고 노래를 불렀다. 역시나 노래를 한 곡조 부르고 나니 눈에는 이슬이 맺혔다.

이제는 손자 두 놈의 편지를 받기도 하고 전화로 목소리도 듣는다. 딸이 몇 번 다녀갔고,(가비는 어려서 다녀갔고 또미는 이번에 다녀갔다) 또 우리 내외가 그곳에 가서 3개월쯤 살다가 온 덕분에 지금은 눈물이 많이 퇴색됐지 싶다.

또미는 우리 이름으로는 김병준이지만 출생은 아르헨티나에서 했고 브라질 밥을 먹고 살아서 그런지, 자기 아빠를 닮아서 그런지 키도 훌쩍 크고 몸무게도 나가고 축구도 열심히 한단다.

처음 찾은 고국을 구경이나 잘 시켜줘야 했는데 40일을 더 넘게 있었어도 집사람이 크게 다치는 바람에 시중들기 바빠서 서울 구경도 재대로 시켜 주지 못 하여 미안할 따름이다. 속으로 이렇게 이해를 구한다. "또미 네가 때를 잘 못 맞췄어."

이산가족離山家族 상봉相逢하기

대우아파트 담장 너머에 은행나무, 목련, 산수유, 감나무, 모과나무, 소나무가 어우러져 있다. 그 풀 속에서 무엇이 폴짝인다. 개구리일까, 뱀일까, 쥐가 점프 연습이라도 하는 걸까, 호기심이 발동한다. 슬금슬금 다가가 본다. 아니, 이건 새 새끼 아녀! 이놈이 가만히 있었으면 그냥 모르고 지나갔을 터인데, 제 딴에는 도망이라도 치고 싶어 버둥대다 덜미가 잡혔다. 꽁지도 덜 나왔고 부리에 노란 물감이 남은 것으로 봐서 둥지에서 뛰어내려 걸음마 연습 하고 있었나 보다.

가만히 잡는다. 지구가 울릴 정도로 가슴이 쿵쿵 뛴다. 한 번 만져 봤으니 그냥 놓아 주려다가 마음이 바뀐다. 초등학교 저 학년인 손녀, 채림이와 채원이가 학교 갔다 오면 한 번 만져 보게 하자. 숨 쉬는 심장 박동 소리를 듣게 하자.

집으로 갖고 간다. 어설프지만 집을 만든다. 굶어 죽을까 봐 오징어를 씹어 억지로 입을 벌리고 먹여준다. 내 뱉는다. 메뚜기를 잡아다 준다. 고개를 끄덕이며 삼킨다. 애들이 학교에서 돌아오려면 두세 시간 기다려야 하는데, 그 시간을 어떻게 보내야 하나, 계속 삑삑거려 시끄럽고, 또 똥도 자꾸 싼다. 귀찮아 그냥 제자리에다 돌려주고 싶다. 손녀들이 서울에 살면서 야생의 새 새끼를 만져본다는 보장도 없고, 또 이런 기회를 놓칠 세라 시끄러워도 꾹 참고 견딘다.

옛날에는 계집애들이 새를 만지면 물동이를 깬다고 만지는 것을 금하였다. 지금은 물동이도 없으니 그럴 이유가 없어서 좋다.

채원이가 돌아왔다. "한번 만져 봐라" 하니 내키지 않는 눈치다. 꿈에도 새를 만져 본다는 생각을 안 했을 터이니 그럴 수밖에 없다. 쿵쿵 뛰는 심장 소리를 들어야 한다며 억지로 만지게 했다. 뒤이어 돌아온 채림이에게도 심장의 박동 소리를 듣게 했다. 하기 싫은 것을 하다 보니 호기심보다는 징그러워 오히려 불안해하는 것 같았다. 뭉그적거리며 망설여도 억지로 두어 번 만져 보게 했다. 먼 훗날 새 새끼 만져 봤노라고 말 할 수 있게 됐다.

제자리로 돌려보내러 갔다. 벌써 서너 시간이 지났는데도 어미가 그 곳을 떠나지 않고 먹이를 잔뜩 물고 새끼를 부르고 있었다. 새끼도 어미 소리에 힘이 솟는지 찍찍 거렸다. 어미와 새끼의 조응 하는 소리는 듣기도 참 상쾌했다. 어미는 '이것이 꿈이냐 생시냐 어이쿠 내 새끼 어디 갔다 이제 왔어' 덥석 먹이를 주고 얼마나 배가 고팠니? 다친 데는 없고 하며 안아줄 줄 알았는데, 내 생각을 완전히 뒤집어 놓았다.

이상 유무를 확인할 생각은 않고 주위만 살피며 망설인다. 새끼가 있는 나무 꼭대기에서 내려다보고 삑~목소리 맞추고 나 몰라라 날아

간다. 거기서 또 목소리 맞추고 다시 날아온다. 이번에는 나무 중간쯤에서 목소리 맞추고 다시 날아간다. 이번에는 앞 나무로, 뒷나무로, 다음번에는 옆 나무로 이동하며 똑같은 행동을 반복한다 사방을 휘젓고 다니면서도 도킹할 생각을 잊어버린 것 같다. 혹시 내가 보고 있어서 그런가 하고 다른 사람들이 있는 곳으로 멀찍이 가 봐도 한결-같이 하던 짓만 되풀이한다. 참 미치고 환장할 노릇이다. 한 이삼십 분이면 어미 새가 새끼를 품에 안아줄 줄 알았는데, 시간 가는 줄도 모르고 시간만 축낸다.

지식이란 누구나 노력하면 쌓을 수 있지만, 지혜란 지식이 없어도 세파를 헤치면서 터득한 현명한 생각이 아닐까 한다. 당황한 것은 나다. 약속 시간 때문에, 도킹하는 것도 못 보고 떠나고 말았다. 벌써 한 시간이 훌쩍 지나가 버렸다.

행방불명되었다가 갑자기 나타나면 도킹을 빨리 안하는 것은, 거기에 무슨 음모가 있지 않을까 하는 의심이 있어서일 것이다. 이렇게 저울로 달 듯 계산해서 행동하는 것은 어미한테 배웠을 리는 만무하고, 유전자를 통해 선천적으로 타고난 지혜가 발동한 것이 아닐까? 비록 도킹하는 것은 보지 못했지만 설마 나 몰라라 했을라고. 어미 품에서 단 꿈을 꿀 것이라 믿는다. 어미가 새끼를 껴안고 용꿈 꿨다는 소리가 들리는 듯하다.

친구여 고맙네

"너 오랜만에 얼굴이나 좀 보자"

심심하던 차에 친구를 만나러 갔다. 우리 6명은 가끔씩 만나 소주나 까는 편안한 친구들이다. 만나자마자 J가 "너희들 이번에 국민연금 가입하지 않은 고령자들을 위해 마지막 베푸는 배려이니 이 기회를 놓치지 말고 꼭 가입해라 부탁 한다"며 입을 열었다. 지가 무슨 홍보 대사라도 되는 것 같이 열변을 토한다. 그때까지 국민연금을 한 번도 진지하게 생각해 본 적이 없던 나는 정신이 퍼뜩 들었다.

그나저나 주머니 사정이 달랑달랑한 나 같은 사람이 무슨, 나와는 상관없는 일로만 알고, 내가 가입할 수 있다고는 생각해 본 적 없이 망설였다. 더군다나 의사 선생은 수술하면 한 10년은 더 살 수 있다고 했는데 이 연금 다 붓고 나면 타 먹을 날이 얼마 되지 않을 텐데 그래도 들어야 하나, 사실 먹고 남은 여유도 없지 않은가.

그러나 병들어, 나이 들어 하던 일도 못하겠고 용돈이라도 하자고 제일 불입금이 적은 것으로 가입했다. 친구의 말 대접으로, 아니 노년의 여유 자금으로 충당하려고.

어느 날 통장에 연금이 덜커덩 들어왔다. 국민 연금을 제일 짧은 기간에 적은 금액으로 불입하고 행운을 얻은 수혜자가 되고 보니 너무나 기뻐서 덩실덩실 춤이라도 추고 싶었다. 그 연금을 얼마나 타 먹었는지도 모르겠다. 이런 글을 쓸 줄 알았으면 기록을 남겨두었을 텐데. 휴지 하나 줍지도 않고 세상에 도움이 될 만한 일을 눈곱만큼 한 일이 없이 그저 한눈이나 팔고 뒹굴고 있어도 텅 빈 지갑을 열고 수북이 채워주는 국민연금, 마음까지 충만하게 채워준다.

한 가지 아쉬운 점은 이 연금으로는 우리 부부 최저 생계비에도 크게 못 미친다는 것이다. 그것마저 해결해 주었으면 금상첨화였을 텐데, 그나저나 땡전 한 닢 나올 곳 없는 마당에 이 얼마나 고마운 일인가, 이렇게 효자 노릇하는 국민연금을 아직도 가입하지 않은 사람을 보고 깜짝 놀라 충고한다. 다른 것은 몰라도 국민연금만큼은 꼭 가입해라, 죽을 때 까지 길동무가 되며 은전을 베푸는 보물 창고라고 설득한다.

이력서 내고 월급 한 번 타보지 못한 나는 매월 말일에 또박또박 잊지 않고 송금해 주는 연금공단에 고마운 마음을 금할 수 없다. 또 내가 불입한 액수보다 타 먹은 액수가 많다는 기록을 보았을 때는 얼굴이 화끈거리고 몸 둘 바를 모르겠다. 내가 나라를 좀 먹고 있는 것이나 아닌지 고개 들고 다니기가 부끄럽다. 나 같은 사람 때문에 연금이 고갈 되지나 않을지 걱정스럽다.

국민연금은 사회의 안전망으로써 나와 같은 노인들도 사회의 한 구성원으로 살 수 있도록 도와준 고마운 제도다. 이제는 매월 통장 들여다보는 재미로 산다. 통장에 돈이 많이 쌓이면 내가 더 늙어 간다는 소리인데 그것은 나중 일이고 돈이 자꾸 쌓이면 좋겠다.

통장을 볼 때마다 국민연금 꼭 들라고 간청하던 그 친구 목소리가 아스라이 들려온다. 그 친구는 연금은 고사하고 지하철 무임승차 한 번 못 해보고 눈을 감은 친구, 그 친구가 보고 싶다. '친구여 자네 때문에 나 연금 잘 타고 부자 된 기분이라네. 고맙네! 친구여.'

갈대는 흔들린다

줏대 없는 사람을 갈대 같다고 했던가!

20대 국회의원 선거 때 홍보용으로 ○○○○당의 ○○의 업적이라고 플래카드가 크게 펄럭였다. 에스컬레이터를 설치해 준다면 감지덕지해야 할 판인데, 시큰둥하니 콧방귀만 뀌고 눈길도 잘 안 보냈다. 저것은 공연한 헛일만 한다고 오히려 투덜거렸다.

그런데 정치인들 욕할 것만도 아니었다. 나 역시 마음 바꾸기를 여반장 하듯 했으니까. 우리 집에서 지하철을 타려면 지금 공사 중인 곳에 올라가 구름다리를 건너 계단을 26개를 내려가야 한다. 게다가 카드를 넣고 또 41계단을 더 내려가야 지하철을 탈 수 있다.

지금 설치한다는 쪽엔 이미 승강기가 있다. 〈노약자 장애인용〉이라는 글씨가 무색하게 오히려 비장애인들이 더 많이 이용한다. 그런 상황이니 없는 곳에다 만들어야지 이미 있는 쪽에다 중복 투자한 셈이다. 또 이왕 하려면 내려가는 것도 해야지 올라가는 것만 하다니 반쪽짜리 공사한다고 절대로 사용하지 않으리라고 단단히 다짐했다.

공사는 끝났다. 개통 기념으로 인사차 한 번쯤 타 봐야지, 아무도 없는 틈을 이용해 살짝 타 보았다. 깔끔했다. 슬금슬금 걸어 보았다. 그것 참 시원했다. 기분이 좋았다.

그렇게 투덜거리면서 절대로 타지 않겠다고 다짐해 놓고 지금은 잘 이용 하고 있으니 누가 내 속을 들여다보고 비웃는 것 같아서 큰 죄나 진 사람처럼 얼굴이 붉어진다. 상황에 따라서 아무런 자책도 하지 않고 뻔뻔스럽게 변한 내 모습이 부끄럽다.

우리는 카멜레온 같은 철새 정치인 보고 비웃는다. 그래, 처음 생각했던 마음이 새로운 환경에 적응 해 가는 것을 자책만 하고 있을 것이 아니라, 편하고 쉬운 길을 찾는 것이 오히려 당연한 일이 아닌가? 스스로 자위해 본다.

꿈은 날아가다-나의 좌우명

내가 좋아하는 말은 사회에 기여寄與하자다. 다시 말하면 우리가 살아가는 데 도움이 되는 일을 하자는 뜻이다. 하다못해 밥값이나 하고 가자는 거다.

이런 생각을 한 것은 큰아들이 초등학생 때였다. 서울시 과학 실험 실기대회에서 20명 안에 들어간 덕분에 시상식에 참석했다. 그때 축사가 희미하게 생각난다.

"여러분들이 앞으로 우리나라를 이끌고 갈 인재들이다. 더욱 열심히 공부하여 국가에 이바지 할 수 있는 과학자로 성장하기를 바란다."

뭐, 대강 이런 내용이었다. 내가 봐도 오늘 입상한 학생들은 우리나라 유명 공대에 입학하여 과학자의 길로 나갈 것이라 생각했다.

두 아들이 중학교 3년 동안 학교에서 치른 수학 시험은 딱 한 문제만 틀렸다. 둘 다 수학과 과학만 좋아하니 그런 꿈을 꾸었다. 큰아들은 카이스트 졸업하고 H전자에 대리로 입사했다. 대학원 과정을 근무연한으로 인정해준 덕분이었다. 삼성, 엘지, 현대 어느 기업이나 신청만 하면 아무 곳이나 입사 할 수 있는 특전이 있었다. 무료로 공부 했으니 대신 3년은 근무해야 한다는 단서가 붙었다. 큰아들은 근무 기간을 채우고 외국 유학 간다고 했다. 이유가 회사에서 자기가 뭘 만들고 싶어도 그런 기회는 없고 선진국 물품 모방이나 하라고 하니 적성에 맞지 않아 못 하겠다는 것이다.

나는 어려서부터 어머니 치마폭을 벗어나지 못한 탓에 모심는 데도 잘 따라다녔다. 서로 품앗이하기 때문에 새참이라도 먹을 때는 꼭 잔치 집 같았다. 여럿이 모여 먹으니 밥맛도 좋고 또 찬거리도 색 다른 게 나와 논둑에 걸터앉아 먹어도 꿀맛이었다. 어린 나이에도 어머니가 힘들게 일하는 것을 보면 어떻게 도움이라도 주고 싶었다. 모판에서 모를 뽑는 일도 보통 힘 드는 게 아니었다. 처음부터 논에다 모를 심듯 뿌려 놓으면 안 될까. 어린 나이에 그런 생각도 했다. 그것은 논에 물이 사철 있어야 하는데 고향에는 그런 논이 없어 불가능 한 일이었다. 또 모는 옮겨 심어야 성장이 빠르다는 것도 후에 알았다.

가을에 목화밭에 따라가면 먹을거리가 참 많았다. 어머니는 하얀 목화송이를 정신없이 따지만 나는 군것질 생각뿐이었다. 때깔, 꽈리, 개금, 까마중, 줄외, 하늘참외, 일년감(작은 토마토 지금 방울토마토하고는 다르다), 참외, 더러는 수박까지 꼬물거리고 있었다. 이것들이 심어 놓은 것이 아니고 저 스스로 자라난 똘 것이다.

뒷밭에는 돌멩이가 어찌나 많은지 조금만 비가 안 와도 가뭄을 탔다. 여기 천하장사가 있으니 오뉴월 땡볕에도 모가지 댕강 잘라 돌 위에 얹어놔도 한 달이 훌쩍 지나도 비실댈 뿐 목숨 줄 붙들고 있는 쇠비름이 있었다. 밭농사는 가뭄에 병충에도 강하고 척박한 곳에서도 잘 자란 이런 것으로 종자를 만들었으면 좋겠다는 생각도 했다.

벼농사는 가뭄이 들면 농부들은 정신없이 바빴다. 비 그치고 열흘만 지나면 치민이 형은 매삼추 논에 물을 푸기 시작했고, 윗골의 시월이 형도 물을 푸고 여기저기 크고 작은 둠벙에서 물을 펐다. 이런 것들은 깊이가 2미터가 훌쩍 넘기 때문에 바가지로 물푸기는 큰 고역이었다. 부잣집 논은 가뭄에도 물이 넘쳐나는데 가난한 집 논은 왜 그리 물이 잘 마르는지. 그것도 빈부 차이를 가름하는 것 같아 입이 씁쓸했다. 땡볕에 벼가 마른 것을 보면 침이라도 뱉어주고 싶고 지게로 물이라도 져다가 뿌려보고 싶었다.

바짝 마른 벼 속에서 싱싱한 놈이 있어 들어가 보면 그놈은 피다. 벼와 비슷하게 생겼어도 생명력이 얼마나 강한지 벼는 다 말라 죽어도 이놈은 끝까지 살아남는다. 또 갯논에 바닷물이 들면 벼는 다 꼬시라져도 이놈의 피는 다시 살아나는 끈기와 근성이 있다.

벼도 이놈같이 만든다면 생산량은 몰라도 농사짓기는 참 수월할 것이란 생각이 들었다. 우리나라는 식량을 자급자족을 못하니 그것을 해결하는 방법을 찾아야 할 것 같았다. 천재지변으로 곡식을 수입하지 못하면 우리 모두 굶어야 할 것 같은 생각이 들었다. 쌀이나 보리 알을 솔방울만 하게 크게 키운다면 생산량이 수백 배 증가하여 자급자족 할 것이라고. 또 사료도, 봄에 새싹이 나오면 거의 모든 풀과, 나무이파리도 빳빳해질 때까지 소가 다 먹는다. 그러니 산에 들에 지천으로 널려 있는 것이 풀 나무 이파리가 아닌가. 이것을 베어 말려 조개껍데기, 겨, 소나 돼지 뼈를 섞으면 사료가 되지 않을까. 그랬으면 참 좋겠다고 생각했다.

고향 떠나 온 지가 2,3십년이 지나고 보니 옛날 생각은 다 잊어버렸는데 둘째아들이 S대 농학과에 입학했다. 이때다 싶어 "네가 유전공학을 전공해서 식량이 부족한 우리나라가 자급자족할 수 있게 노력해 봐라. 쌀알을 솔방울 같이 크게 만들고 과일도 알맹이 속에 감, 배, 사과 맛이 나게 크게 만들고, 가지, 오이, 고추도 세 가지가 한통속에 들어가게 해봐라" 알파고에게 하라고 해도 손사래 칠 일을 너무 싱겁고 쉽게 말했다. 내가 생각했던 것들을 아들을 통해 실천하게 해 보려고 했더니, 말도 안 되는 소리에 어안이 벙벙했는지 한참 멍하니 있더니 정신을 차렸는지 "다른 방법은 어렵겠고, 생산량은 조금 늘일 수 있을지 몰라도 그런 일은 아예 안 하겠다"고 무거운 입을 열었다.

이유는 유전공학 자체가 체질에 맞지 않는다는 것이다. 둘 보태기 둘은 넷이 되어야 직성이 풀리는데, 유전 공학은 공식으로 하는 것이 아니고 수작업으로 이것저것 두드려 맞추는 꼴이니 그런 일은 체질에 맞지 않는다고 한다. 어쩌겠는가. 안 되더라도 시작이라도 해 봤으면 하는 마음뿐이다.

단골 유감

새해를 맞으려고 어수선한 머리를 깎으러 갔다.

내 머리를 깎아 주던 이발사가 자리를 비웠다. 이발사 세 명이 잡담이나 하면서 그가 오기를 기다린다. 나 말고도 또 한 사람이 기다리고 있음에도 눈치를 못 채고 덩달아 문 쪽만 바라보고 있다. 지루하고 따분해서 회의가 돌기 시작한다. 여기 오느라 대강대강 아침을 때우고 서둘러 왔는데 한가하게 시간만 뺏기고 있다. '그냥 집에 갔다가 내일 다시 와' 돋보기도 없이 신문을 보면서 자문자답 한다. 꼭 그 사람한테 이발해야 하나 하면서도 이왕 기다린 김에 꾹 눌러 앉는다.

그 분은 왔지만 내 옆 사람이 선착순으로 앉는다. 난 무색하게 또 지루한 시간을 보낼 판이다. 이제는 후회가 된다. 한가하게 놀고 있는 사람한테 깎았으면 집에 가고도 남을 시간인데 기다리는 시간이 아깝다.

여기 사람들은 내가 그 사람한테만 깎는 줄 알기에 앉으란 말도 하지 않는다. 다른 사람한테 깎아도 될 것을 굳이 기다리는 이유가 무엇인가. 그럴 만 한 가치가 있는지 곰곰이 생각해 본다.

'이번에 아주 이발관을 옮겨버려?' 이 부근에는 비슷비슷한 이발관이 여러 개가 있다. 요즈음도 계속 이발관이 심심찮게 생긴다. '몇 년을 편안하게 이용한 집인데 딴 곳으로 옮길 게 뭐람.' 다시 자문자답한다. 워낙 싸고 이발도 잘 해 주기 때문에 입 소문이 나, 지방 사람들도 많이 이용한다.

이발 요금 삼천오백 원, 염색 오천 원, 요금은 다 통일돼 있다.

사람들이 밀려온다. 이렇게 사람들이 대기 하고 있으면 마음이 불안하여 쫓기는 기분이다. 그것을 피하기 위해 일찍 서두르지 않았던가. 아무래도 오늘은 이발할 기분이 아니다.

집으로 돌아간다. 오늘은 재수 없는 날이다. 누가 시킨 것도 아니고 스스로 결정한 일을 두고 혼자서 화만 낸다.

내가 애용한 단골집을 더듬어 본다. 당근, 양파 둘 다 시장통로 리어카에서 파는 사람들이다. 감은 시장에서 제일 많이 주고 맛도 좋다. 사과는 몇 년 애용한 집을 놔두고 새로운 집으로 옮겼다. 영원한 단골이 있겠는가. 더 싸고 맛있으면 옮겨 가는 것이 당연하지, 그 넓은 시장 사람들이 다 뜨내기 같아도 모든 사람들이 거의 단골집을 두고 애용한다.

단골이란 서로 신뢰하고 같은 값이면 서로 믿고, 거래하면 두 사람이 다 만족하고 기분 좋아지는 일이 아니겠는가. 더 달란 말을 안 해도 덤으로 슬쩍 던져주는 정이 따뜻한 마음속에서 부딪친다.

손해

한 되에 삼천 원짜리 땅콩을 두 되에 오천 원 주고 샀다. 지난번에는 시장 한 바퀴 돌고 와서 사려고 그냥 지나쳤다가 돌아와 보니 다 팔리고 없었다. 그때는 참 서운했다. 이왕 마음먹었으니 사고 보자고 오늘은 서둘러 샀다. 그런데 배낭에 담고 일어서기도 전에 두 되에 사천 원 하지 않은가. 아무리 바빠도 그렇지 내가 그곳을 떠난 뒤에나 그렇게 팔 일이지 나를 버젓이 앞에 놓고 값을 내린다는 것은 나를 무시 하는 것 같기도 하여 영 기분이 찝찝했다. 천 원을 잠깐 사이에 날렸다는 생각을 하니 만 원 손해 본 것보다 훨씬 기분이 나빴다.

생각해 보니 내가 손해 본 것은 아니었다. 분명 한 되에 3000원이라고 쓴 팻말도 보지 않았는가. 그러면 천 원을 번 것으로 생각하고 위안을 삼자 그렇게 생각했다.

며칠 있다가 새로 나온 영양제를 구입했다. 일 년치 십팔만 원 짜리를 십이만 원에 할인해 준다고 하여 얼씨구나 하고 이 년 치를 샀다. 너무 신이 나서 덩실덩실 춤이라도 추고 싶었다.

한 달쯤 지났을까 우연히 홈쇼핑 책을 뒤적이다가 깜짝 놀랐다. 지난번에 산 약의 정가는 이십일만 육천 원인데 그것을 할인하여 육만 오천오백오십 원에 세일한다는 것이다. 어안이 벙벙했다. 마치 도깨비한테 홀린 것 같았다. 어떻게 약값이 이렇게 들쑥날쑥해 가지고 정신을 차리겠는가. 본사 담당자가 분명히 십팔만 원 짜리를 십이만 원에 준다고 하였는데 한 달이 지나지 않아서 싸구려로 전락 했다는 말인가?

지난번에는 천 원을 손해 봤다고 며칠을 투덜거렸는데 이번에는 오만 오천오백오십 원을 손해 봤으니 한 달쯤 배가 아플 것 같았다. 그때는 분명 그렇게 팔려고 했을 터인데 소비자가 눈길도 안 주자 이렇게 헐값에 홈쇼핑에다 내 놓았을 것이다. 설령 이것을 이렇게 판다고 하여도 내가 홈 쇼핑하고는 거리가 멀어 몰랐을 것이니, 그랬으면 억울할 일도 없었을 것이다. 그러니 나도 정가보다는 싸게 샀으니 다행이라고 생각 하고 사는 것이 좋을 것 같다.

잠깐 사이에 천 원을, 한 달 사이에 6만원을 손해 보고도 무던히 넘어가는 걸 보니, 나도 나이가 들긴 들었나 싶다. 아니면 많이 너그러워진 것일까 싶기도 하다. 그래, 나이 든다는 게 이럴 땐 좋은 거라 치고 살련다.

승강기에서

페트 병 15개쯤 갖고 물 뜨러 간다. 승강기를 혼자 타고 있는데 "그것 좀 눌러요"다급한 목소리가 들린다. 명령조다. 부탁하는 소리인데 고수가 하수 부리듯 빳빳한 소리라 듣기가 거북하다. 같은 값이면, 그것 좀 눌러 주시겠어요. 또는'같이 좀 갑시다. 부탁해요' 했으면 얼마나 좋았을까.

나보다 20년은 더 젊어 보이는 중년 여인이다. 그렇게 바쁘면 뛰어올 것이지 보통 걸음 보다야 빠르게 걷는 시늉은 하지만 서두르는 기색이 보이지 않았다. 찜찜하기는 하지만 혼자 타고 가는 것보다 둘이라도 타고 가야 에너지도 절약 될 터이니 열림 버튼을 눌러 주기로 결심했다.

문이 닫히려고 하면 누를 예정이었는데 막상 버튼을 누르니 내 손가락이 무색하게 그냥 닫힌다. 사람이 시원찮으니 승강기도 내 말을 잘 안 듣는다. 그녀한테 미안한 생각과 고소함이 함께 겹친다. 이것이 순전히 내 탓이 아니지 않는가. 문이 닫힐 때, 그녀의 날카로운 쉿소리가 들린다. "그것 좀 누르라니깐" 내가 자기 조수인가, 그래봤자 버스는 이미 떠났는데 손드는 꼴이다.

걷기에 자신이 있어서 짐이 없을 때는 거의 승강기를 타지 않는다. 누가 나를 추월하면 무슨 큰 손해나 본 것처럼 기어이 따라 잡고 만다. 요즈음은 출근 시간에 지하철 계단을 두 계단씩 성큼 성큼 올라가는 젊은이를 보면 기가 죽어 따라 잡기를 포기하고 만다.

어느 날 중년 여인이 '휙' 나를 앞질러 간다. 짐을 든 나는 속수무책 뒤쳐질 수밖에 없었다. 참 빠르구나. 감탄하였는데, 승강기를 타려고 기다리고 있었다.

"아주머니 걸음이 굉장히 빠르시던데 왜 승강기를 타세요?"

"평지는 잘 다녀도 계단은 잘 못 내려가요"

하! 그런 약점이 있었구나.

가끔씩 배드민턴이나 정구채를 메고 다니는 사람들이 해롱해롱 승강기를 이용하는 것을 보면 영 찜찜하다. 그렇게 죽을 둥 살 둥 뛰어다니며 운동을 하면서 계단을 오르내릴 생각은 않고 승강기를 타느냐 물어 보고 싶어도, "별 싱거운 사람 다 보겠네. 운동하고 계단 걷기와 같아요?" 한다면 할 말이 없다.

승강기는 교통 약자들이나 타고 다니라고 명시되어 있다. 그러나 교통 약자보다는 교통 강자들이 더 많이 사용하는 것을 종종 본다. 헬스클럽에 가서 운동만 할 것이 아니라, 평소 생활을 운동화 하여 활용하면 별도의 시간과 비용을 절감 할 것이다. 걷는 것이 좋은 운동이라고 하니 계단을 열심히 오르내리고 버스 한두 정거장쯤은 걸어서 다니면, 걸으면서 운동까지 겸하는 셈이니 양수겸장이 아니겠는가.

용꿈 꾸다

전자 오르간 연주할 때다. 짓궂은 손님 비위 맞추느라 고생한 아가씨들 피로도 풀어줄 겸 전 종업원이 더위나 식히자고 강원도 어느 깊숙한 산골로 피서를 갔었다. 동작이 굼뜬 내가 우물우물 하고 있는 사이에, 제비같이 민첩한 아가씨들은 언제 짐을 풀었는지 벌써 강 가운데서 물장구를 치고 놀고 있었다. 그 중에는 제주도 아가씨도 끼어있었다. 워낙 좋아하는 수영인지라, 나도 서둘러 물에 뛰어들었다.

어서 가야지, 아가씨들이 있는 곳으로 향하였다. 수영해 본 지가 십여 년 만이라, 너무 반가운 마음에 준비 운동도 못했었다. 한참 가다 보니 숨이 차서 좀 쉬어 가고 싶었지만, 물개라고 자처하는 내가, 이까짓 몇 걸음 꼼지락대고 쉬다니, 자존심 상하는 일이란 생각에 힘들어도 참고 가기로 작정하고 젖 먹던 힘까지 다 쏟아 부었었다. 이곳 쯤 되겠지 발을 디뎌 보았다, 아무것도 발끝에 닿지 않았다. 깜짝 놀라 그 주위를 더 더듬어 봐도, 딛고 설 자리는 찾을 수 없었다.

큰일 났다. 밖으로 나가야 하는데, 건너편으로 건너갈까, 아니면 온 곳으로 되돌아갈까, 저울질을 해도 감이 잡히지 않아 잠시 망설이다가 건너가는 것이 더 빠를 것 같다는 생각이 들었다. 그래 건너가자, 힘이 다 소진되었으니 남은 힘이라도 아끼자. 물살을 거스르지 않고 물결 따라 내려가며 방향만 조금씩 그 쪽으로 잡았다. 물에다 몸을 의지하고 겨우 물 밖으로 나갔다.

휴 살았다. 안도의 한숨을 쉬고 온 곳을 돌아보니, 웨이터인 김 군이 허우적거리고 있었다. 그도 내 뒤를 바짝 따라왔으나 몇 미터 남겨놓고 마지막에 힘이 부쳐 꼴깍꼴깍 물을 먹고 있었다. 누가 도와 줄 사람 없는가, 사방을 휘둘러 봐도 사람의 그림자도, 구조물로 쓸 만한 새끼나 간짓대 같은 것도 없었다. 그럼 어쩌란 말이냐, 김 군은 죽어 가는데 그대로 있을 수 없었다.

내 몸도 가누기 어려운데 물로 뛰어 드는 수밖에 다른 방법이 없었다. '물에 빠진 사람 건질 때는 기절시켜 머리카락 잡아야 한다는 말이 생각나, 한대 쥐어박으려고 머리를 쳐다보니 지칠 대로 지쳐서 허우적대는 꼴이 하도 불쌍해서 차마 손을 못 댔다. 몇 발자국만 옮기면 될 테니까.

김 군을 붙잡고 막 돌아서는데 그만 김 군과 나는 쪼르륵 물속으로 들어가 버렸다. 김 군이 내 목을 꽉 껴안으니 둘이 다 물속으로 들어갈 수밖에, 물속으로 들어가니 머리가 맑아지고 내가 해야 할 일이 무엇인가 번개처럼 스쳤다. 순간 살아야겠다는 생각밖에 없었다. 세상과 나를 선택하라면 나를 택할 어머니와 초롱초롱한 눈동자로 나만 쳐다본 꼬물거린 자식들의 얼굴이 떠올랐다. '난 죽으면 안 돼. 난 살아야 돼. 그들을 돌봐야 해' 어디서 그런 용기와 힘이 났는지 감고 있는 손목을 매몰차게 뿌리치고, 뒤도 안 돌아보고 나와 버렸었다.

나는 살아 나왔지만 스무 살도 안 된 김 군이 죽게 생겼다. 저 불쌍한 것 물에 둥둥 떠내려갈 것 같아서 쳐다보지도 못하고 있었다. 보고 싶어도 고개가 안돌아 갔다. 천천히 숨을 죽이고 고개를 돌렸다. 둥둥 떠내려가고 있어야 할 김 군이 강 가운데 서 있었다. 그럴 리가 없어, 이것은 꿈일 거야. 살을 살짝 꼬집어 봤다. 아프다. 그럼 꿈이 아니란 말인가? 경천동지驚天動地한 일이 벌어지고 있었다.

틀림없이 김 군이 서 있었다. 내가 홀리고 있는 것이다. 정신을 가다듬고 똑바로 쳐다보았다. 그는 기적같이 강가로 걸어 나온 것이었다. 야호, 소리치고 싶었다. 죽은 사람이 살아났다. 뛸 듯이 기뻤다. 한편으로는 자존심 상하고 미안해서 고개를 들 수가 없었다. 돌아오는 길에 창피를 무릅쓰고 어떻게 나왔느냐고 물었다. 그가 대답하기를 내가 휙 뿌리치고 자기만 살려고 나간 것을 보니, 꼭 살아야겠다는 오기가 생기고 악이 바치니 없는 힘이 생기고 용기가 몇 배나 솟아났다는 것이다. '그래 마음을 비우고 순리를 따르자.' 물속으로 들어가면 숨을 멈추고, 밖으로 나오면 숨을 쉬고, 그러다보니 실낱같은 목숨 줄이 발바닥에 닿는 것이었다. 이것이 꿈이냐 생시냐, 한 뼘씩 한 뼘씩 옮기다 보니 어느새 지루한 지옥을 탈출했다는 것이다.

김 군이나 나나, 수영이라면 자신이 있어서 도강渡江을 서둘렀는데, 그건 너무 무모하고 자만심이 강한 탓이었다. 겉멋이 너무 든 거였다. 비슷한 실력을 가진 고향 친구들이 한강을 왕복했다고 했다. 물론 나는 그것을 시도해 본 적은 없다. 하지만 그들이 할 수 있었다면 나 또한 간접 비교해, 한강은 건널 수 있다는 자신감을 갖고 있었다.

사람이 물속에 들어가서 숨을 멈추면 몸이 물 밖으로 둥둥 뜬다. 김 군이 그것을 그날 실제로 시범을 보인 셈이다. 어설픈 재주 과시하고 싶어 우쭐대다가는 큰 낭패당하기 십상이다.

오늘과 같이 천당과 지옥을 왔다 갔다 한다는 것을 깨닫는다.

눈치 보기

청량리에서 장을 보면 승강기를 이용한다. 너무 낡아서인지 지루할 정도로 동작이 굼뜬다. 버튼을 누르니 내려갈 준비를 한다. 문이 거의 닫힐 무렵에야 화들짝 놀란 사람처럼 내 또래 노인이 들어온다. 그는 진즉 문 앞에 와 있었음에도 마치 타지 않을 것처럼, 누군가를 기다린 듯 한눈만 팔았다. 헐레벌떡 뛰어왔다면 모를까, 아무리 생각해도 이해가 되지 않았다.

"왜 안 갈 것같이 있다가 그렇게 바삐 타시요"라고 물어봤다.

"미안 합니다."

"잘못 되었습니다."

무슨 큰 죄를 지은 사람처럼 아주 공손하게 대답했다.

"미안할 것까지야 없고 이 승강기는 버튼 한 번 누르면 내려갈 때 시간이 지루하게 오래 걸려서요." 라고 말해주었다.

그도 가만히 생각해보니 너무 쉽게 꼬리 내린 것이 조금은 억울했던지, 자존심이 상했던지, "그럴 수도 있는 것 아니냐" 딴죽을 걸어왔다.

이건 분명 시비 쪼였다. 그것 때문에 콩이니 팥이니 따지기도 뭣 했다. 그래서 그냥 "그럴 수도 있겠네요."하고 얼버무리고 말았다.

그뿐만이 아니다. 공적 장소와 사적 장소를 구분 안하고 저 하고 싶은 대로 하는 이들이 있다.

아파트에 살다보면 나도 모르게 물건을 덜컹 떨어뜨릴 때가 있다. 그때는 아래층 사람한테 미안한 생각이 들어 나도 몰래 얼굴이 붉어지곤 한다. 이것은 남을 의식하는 행동이다.

지하철에서 보면 주책없이 운동하는 노인들이 있다. 에스컬레이터를 타고 올라가면서 어깨운동도 하고, 의자에 앉아서 다리 흔들기도 한다. 여유라곤 시간밖에 없는 듯한 사람들이 자기가 계획한 하루 운동량을 공공장소에서 마저 채우려는 모습은 보기에도 민망하다.

오늘도 내 옆에서 발 부딪치는 할머니가 앉아 있었다. 10여 분 동안 쉬지 않고 그 짓을 한다. 자기는 좋아서 할지는 몰라도 처량하게 보일 뿐만 아니라 옆에서 보는 사람이 더 불안하고 마음이 어수선하다. 그렇게 건강해 보이지도 않는데 오래도 한다. 나도 더러 해보지만 1,2분 하면 힘이든다. 집에서는 뭐 하고 많은 사람들 앞에서 마치 시범이나 보이듯 한다는 말인가? 그것은 남의 눈치를 보지 않겠다는 자가당착일 것이다

집에 있을 때는 거울 한 번 안 쳐다보다가도, 외출할 때는 머리도 빗고 옷도 깔끔하게 입는 것은 남을 배려하는 것인지 나를 돋보이게 하

려는 것인지는 잘 모르지만, 남녀노소를 막론하고 비틀거리는 것보다는 똑바로 걷는 것, 초라함보다는 화려해지고 싶은 것이, 인지상정이 아니겠는가?

세상은 혼자 사는 것이 아니다. 더불어 살아간다. 자기 마음대로 살 수가 없다. 남의 눈을 의식하고, 배려하고, 가급적이면 남한테 피해를 주지 않기 위해 행동한다. 남의 눈치를 보지 않는다면 더위에 굳이 옷을 입을 필요가 있겠는가? 아무도 없는 산에 나 혼자라면 마음대로 큰 소리로 노래 부른들, 고함을 지른들 누가 뭐라고 하랴!

줄서기

일 년에 한 번쯤 세 과시하는 날이 있다. 누구한테 부탁할까? 내 체면을 세워줄 사람은, 못 한다고 해도 서로 부담 없는 사람을 찾는다.

몇 년 전부터 공들인 S라는 사람이 있다. 어렵사리 약속을 했다. 한 사람을 더 데려가야 하는데 그날 모일 장소와 가까운 곳에 사는 Y라는 사람을 점찍었다. 컴퓨터교실에서 나보다 1번 빨라 언제나 내 앞에 섰다. 그도 나도 열등생이어서 손을 많이 들고 질문하기 일쑤여서 우리는 고문관 동기라고 동질감이 있어 서로 좋아 하는 사이였다. 약 2년 전에 그의 전화번호를 적어놨지만 뜬금없이 전화하기도 뭣해서 속으로만 마음이 갔는데, 이번에 또 컴퓨터교실에서 딱 마주치니 반가웠다. 스마트 폰으로 문자라도 보내보려고 왔는데, 그게 쉽게 될 것 같지가 않았다. 그는 교육을 몇 번 받았는지 대강 따라가고 있었다.

그뿐 아니라 커피를 가져와서 쉬는 시간에 내게 준다. 오른쪽 아줌마는 과자를 가져온다. 10여 년 동안 이 교실을 들락거렸지만 양 옆에 사람들과 가벼운 대화라도 한 것은 이번이 처음이다. 난 겨우 내 시집을 줬을 뿐이다.

3번인 Y선생이 이번에 내 부탁 들어준다고 하니 마음이 홀가분했다. 두 사람 모시고 가면 체면치레는 하겠다싶어 쾌재를 불렀다. 마지막 점검삼아 S선생한테 전화를 걸었다. 이발도 해야 하고, 목욕도 해야 하고, 침도 맞아야 하고 이유 같지 않은 이유가 장황했다. 아무리 사정하고 애원해도 설득하기 어려울 것 같아 전화를 끊었다.

그는 나보다 한 살 위지만 호적이 늦어 언제나 내 뒤에 선다. 돈은 많이 벌었다는데 사는 것이 어렵다. 귀가 얇고, 마음이 모질지 못하여 여기 저기 당하기만 하다 보니 지금도 억울하게 재판하느라 고통을 받고 있다.

백내장 수술한다고 하여 아는 안과에 안내했다. 원장이 같은 문학회 회장일 때 함께 '문학 기행' 간 것밖에 없는데 무료로 수술해준다고 했다. 수술할 때 두 번 다 내가 보호자 역할까지 해 줬다. 돈 들어가는 것도 아니고 고작 한 시간만 쓰면 되는데 내 부탁을 거절 하다니, 한탄만 하고 있을 수 없었다. 엎질러진 물은 담을 수가 없다. 차선책을 쓰자. 체면 불구하고, C한테 반 강압적으로 '이유는 묻지 말고 한 시간만 빌리자고 하니' 그러마고 아주 선선하게 대답한다. 휴 살았다. 드디어 두 사람이 참석하게 되었다.

그때는 못 올 것 같았어도 은근히 S선생을 기다렸다. 모일 시간이 다 되어 약속 장소로 가고 있는데 못 온다던 S선생한테서 참석하겠단 전화가 왔다. 참 반가운 소식이었다. 오기는 왔어도 허리가 아파 몸

가누기 힘들어 했다. 어떻게 내 마음을 꿰뚫었을까? 어제 부탁한 C가 한 사람을 더 데리고 왔다.

기분이 좋아 날아갈 것 같다. 너무나 황홀해서 내 정신이 아니다. 목표를 초과 달성했으니 기분이 좋다. 매듭이 쉽게 잘 풀리는 것 같아, 올해는 뭐든지 잘 될 것이란 희망이 솟구친다.

머릿수 채우기란 이렇게 힘들다. 요즘은 줄서는 사람이 많아야 출세한다. 구의원도, 시의원도, 국회의원도, 대통령도 줄을 서서 따라줘야 소원이 성취된다.

그뿐인가? 극장 앞에서 줄서기, 명절 때가 되면, 버스터미널에서 줄서기, 기차역에서 줄 서기, 그 줄 설 때는 마음이 설레고 행복이 가득 차 있다. 그렇더라도 새치기하고 싶은 마음에 나도 모르게 앞 사람을 밀친다. 뛰어 넘고 싶은 마음이 굴뚝같다.

줄서기는 꼼꼼히 따져보고 잘 서야지 잘 못 서면 천 길 낭떠러지로 추락하고 만다. 쉬운 것 같아도 세상을 제대로 살기란 참 어렵다.

지하철 흙탕물

지하철을 타면, 우선 빈자리가 있나 없나 한번 쭉 훑어본다. 콩나물 시루같이 승객이 꽉 들어차 있으면, 무슨 큰 손해나 본 것처럼 서운한 생각이 든다.

자리가 없으면 서 있을 자리도, 가급적이면 앉은 사람 불편하지 않게 출입문 가까이 선다. 젊은이 앞에 서면, 좀 비켜 달라 강요한 것 같아서, 멀리 가야함에도 가까운데 갈 것같이 문 가장자리에 서곤 한다.

세 사람이 앉을 자리에, 두 사람이 앉아, 다리를 비딱하게 꼬아 옆자리까지 차지 한 것을 보면 보기에 좀 불편하다. 사람이 오면 어차피 고쳐 앉을 걸 괜히 허세만 부리는 것 같아서다.

먼저 자리를 잡은 사람은 무슨 기득권이라도 있는 듯, 옆자리까지 침범하여 유세하듯 하고 있다. 뒤늦게 가운데 앉으려면, 큰 신세라도 지는 것같이 미안해하며, 엉덩이를 절반쯤만 겨우 붙이고 옹색하게 앉아야 하니 기분이 안 좋다.

어느 날, 옆 사람이 갑자기 욕을 하는 소리가 들렸다.

"xx놈아 x같은 놈아, 네가 잘났으면 얼마나 잘나, 왜 그렇게 건방지게 구느냐"

나는 그 소리를 듣고 그 사람이 실성한 줄 알았다. 왜냐하면 그 사람과 시비 거는 사람은커녕, 그림자 하나 얼쩡거리지도 않았는데, 그런 큰 욕을 하기 때문이었다. 미쳐도 곱게 미쳤다고 혀를 끌끌 차며, 불똥이 내게 튈까 봐 옆을 바라보지도 못하고 숨죽이고 있었다.

"입은 뒀다가 어디다 쓰려고 손가락질을 해 이 건방진 놈아"

재차 쏟아지는 비수 같은 소리가 나를 겨냥한다는 생각이 들었다. 앞이 캄캄해지고 말문이 막혀 어안이 벙벙해졌다. 하는 말이 너무 쌍스럽고 왜 내가 그런 욕을 먹어야 하는지, 우린 서로 그러한 욕을 할 나이도 아니려니와, 그런 사소한 일로, 그렇게 화를 낸다는 것 자체가 이해가 되지 않았다. 그런 크고 더러운 욕은 평생 먹어 본 적이 없었다.

싸움이라는 게 처음에는 여리게 이슬비 오듯 토닥이다가, 열 받으면 차차 뇌성벽력에, 우박 떨어지듯 강하게 나가는 것이 순서이거늘, 룰도 모르고 걸어온 시비 때문에, 고민하기 시작했다. 아예 입을 다물고 수모를 당하든지, 같이 싸워서 시시비비를 가리든지 둘 중의 하나를 택해야 했다.

그가 야구공을 던졌으니 나는 배트를 휘두를 수밖에 없는 형국이었다. 어디서 그런 용기가 났는지, 나도 모르게 목소리가 거칠게 나갔다.

“여기는 사람이 앉을 자리지 가방이 놓일 자리가 아니지 않은가?”

“비어 있으니 놓았다.”

얼굴은 우락부락하고 어깨는 떡 벌어진데다가, 삐딱한 검정 베레모에 검은 라이방까지 끼고, 해결사 같이 생겨서 그런지 계속 반말이다. 덩달아 내 말도 반말로 내려가고 말았다.

“비어 있어도 가방은 무릎 위에 얹어놓든가 선반에 올려 놓아야지.”

“이것이 니꺼가?”

그도 나도 다른 사람은 안중에도 없고, 서로 자기주장만 옳다고 우기고 있으니, 싸움이 끝이 날 것 같지도 않고, 누가 좀 말려 줬으면 생각해도 그런 기미는 보이지도 않는다.

“떠들지 맙시다.”

“조용히 합시다.”

핀잔인지 야유인지 짜증스런 소리가 들려온다.

내가 아무리 교통질서를 잘 지키고 운전을 잘해도, 다른 차가 내 차를 받아버리면 제삼자가 보기에는, 똑같은 사고 차량일 수밖에 없는 꼴이 되어버렸다. 벗어나고 싶었다. 내 귀와 입이 더 더러워지기 전에. 잘 잘못은 나중 문제고, 본의 아니게 큰 소리 친 게 미안하기도 하고, 나이 값도 못한 것 같아서 슬그머니 자리를 뜰 수밖에 없었다.

내가 만일 좀 더 부드럽고 정중한 목소리로 “가방을 조금 치워 주실 수 있겠습니까?" 라고 했으면 그 사람도 화를 내지 않았을까?

물건을 좌석에 놓았더라도, 사람이 앞으로 오면 큰일 날 세라 얼른 치워주는 것이 상식인데, 그 사람은 내가 가방 앞에 서 있어도 딴청만 피우고 있어, 할 수 없이 손가락으로 가방을 가리키기밖에 않았는데, 그렇게 불 같이 성을 내다니, 아무리 너그럽게 생각해 봐도 그날은 재수 없는 날이었다.

요즈음은 노약자석이라도 옆 사람 눈치 보며 조심히 앉는다. 남한테 피해가 안 가게 목소리는 조금 낮게, 손 전화는 간단하게, 서로 조금씩만 양보하면 얼마나 편안하고 좋을까?

재수 없는 여자

풋고추를 따 먹을 무렵이다. 무슨 바람이 불었는지, 갑자기 고추모를 심고 싶었다. 마음이 급해서 청량리 시장을 더듬었다. 그 많던 고추모는 눈을 씻고 찾아봐도 어디로 갔는지 흔적도 없었다. 부지런한 사람들의 것은 벌써 꽃이 피고 고추가 열릴 태세였다. 부럽기 짝이 없었다. 화분에 더러, 두 개 심겨진 놈이 있다. '저걸 하나를 슬쩍해?' 욕심이 생겼다.

동대문 노점상에 갔다. 폐기처분하기 직전인 고추모를 발견했다. 시기가 지나서 거의 쓸모가 없어서 그런지, 누렇게 바랜 잎사귀가 뼈다귀 같은 몰골이다. 그래도 버리기는 아까웠는지 한쪽 구석에 밀쳐져 숨만 겨우 쉬던 놈들이 나를 만난 것이다. 뛸 듯이 기쁜 마음에 여남은 개 구입했다.

이삼 일 지나니 벌써 땅 힘을 얻었는지 푸릇푸릇 생기가 난다. 다음날 나가보니 '어! 고추 모가 달아났네. 누가 눈독을 들였었나? 얼마나 부러웠으면 그랬겠나.' 억울했지만 나도 남의 것을 탐냈던 터라 아무렇지 않은 듯 잘 키워서 고추 많이 따 먹기 바랄 뿐이다.

며칠 있다가 또 한 개를 뽑아 갔다. 그래도 양심은 있었던지 제일 못난 놈을 골라갔다. 기분이 나쁘기는 하지만 이 땅이 내 것도 아니고, 그저 사용한 것이니 누구한테 하소연도 못 하고 끙끙 앓으며 참을 수밖에 없었다.

하얀 꽃이 피더니 고추가 열렸다. 하루가 다르게 쑥쑥 자랐다. 하나는 새끼손가락만 하고 둘은 두 마디 정도다. 고추라는 이름을 달고 세 개가 큰 것이었다. 틈만 나면 들여다보는 것이 일과처럼 되었다.

평소에는 그렇지 않았는데, 그날 아침은 일찍 나갔다. 누가 고추밭으로 들어가고 있었다. 그럴 수도 있겠다 싶었다. 밭 좀 밟았다고 나무랄 수도 없는 노릇 아닌가. 그런데, 그런데! 허리를 구부린 중년 여인이 고추를 따기 시작한다. 딱 걸렸다. 현장에서 범인을 목격한 것이다. 좇아가서 멱살이라도 잡고 싶었다. 그 동안 호박도 열리기가 바쁘게 따 가고, 고추모를 뽑아 간 것들을 싸잡아 분풀이를 몰아서 하고 싶었다. '이 도둑놈아!' 말하고 싶었지만 가만 생각해 보니 고추 세 개를 값으로 따져도 백 원 어치도 안 될 것 같았다. 그런 것을 가지고 도둑이라고 하기에는 낯이 간지러웠다.

"아주머니 지금 뭐 하고 계셔요?"

점잖게 말하니 아주머니는 마치 금덩이나 훔치다가 들킨 사람처럼 쥐구멍이라도 있으면 들어가고 싶은 듯 어쩔 줄을 모른다.

"왜 따세요?"

"너무 보기 좋아서요."

딴 고추를 돌려준다.

"앞으로는 따가지 마세요."

세상에서 가장 재수 없는 여자가 슬금슬금 뒷걸음으로 지옥 같은 고추밭을 빠져 나간다.

살다 보면 크고 작은 일들이 엉켜서, 세상은 어울린다. 재수 좋은 사람은 남의 집 한 채를 꿀꺽 삼키고도 눈 하나 꿈쩍 안 하는 사람이 있는가 하면, 고추 세 개 따다가 들켜, 도적으로 몰리는, 지지리도 운수 없는 사람도 있다. 남의 것은 넘보지 말고 적어도 내 것만으로 살아갈 일이다.

아닌 밤에 홍두깨

앗! 소리가 나기도 전에 왼손 검지와 왼쪽 귀를 때렸다. 호박 밭에 들어서기가 무섭게 따끔한 일격을 당했다. 깜짝 놀라기는 했으나 반사적으로 때려눕히고 보니 범인은 벌이다. 꿀벌도 아니고 말벌도 아닌 낯선 벌이다. 길이는 꿀벌과 비슷하나 개미를 닮았다.

벌써 몇 년 째 다니던 길목이다. 어제도 다녔고 오늘 오전에도 다녀왔는데 아무 일이 없었다. 그 쪽에는 철쭉이 군락을 이루고 있어 초봄부터 일광욕도 한다. 맨손체조도 하고, 심호흡도 하는 보금자리와 같은 익숙한 곳이다. 이런 평화로운 곳에 벌이 살고 있었다니 놀라울 뿐이다.

놀라운 것은 그뿐이 아니다. 무슨 일이나 미적 대고, 꾸물거리고, 남 앞에 나서지도 못하고 맨 뒤에서 얼쩡거리기 일쑤인 내가 어떻게 번개 같이, 벌이 침을 다 쐬기 전에 그리 빨리 공격할 수 있단 말인가. 오늘 행동은 내가 아닌 다른 사람이 한 것 같다.

선착순 하면 자신이 있는 편이지만 그렇지 않을 때는 언제나 맨 꼴찌다. 작년에도 팔순 기념으로 외국 여행을 갔었는데 언제나 뒤처진 나를 아내가 기다리다 지쳐서 애가 타 죽겠다고 하소연했다.

젊었을 때도 그랬다. 전방에서 군 생활 할 적에 야간순찰을 할 때도 몇 명씩 조를 짜서 띄엄띄엄 이동했다. 칼빈 총에 실탄을 장전하고 잠근 장치만 풀면 발사할 수 있는 자세로 들길을 걷는데, 내 옆에서 후닥닥 무엇이 뛰어갔다. 바로 옆에서 벌어진 일이라 너무 당황해서 꼼짝달싹도 못 하고 뻣뻣하게 서 있었다. 정신을 차리고 앞뒤를 보니 다 엎드려 있는데 나만 혼자 서 있었다. 노루란 놈이 깊은 잠에 빠졌다가 내 발자국 소리에야 잠이 깨었나 싶었다. 다른 사람 옆에서 그랬다면 나도 엎드릴 수 있었을지도 몰랐다고 변명을 하고 싶다. 캄캄한 밤이었어도 내 얼굴은 빨갛게 달아올랐다.

이것이 평상시의 내 모습이다. 벌이나 무엇에 물렸다면 탈탈 털어버리거나 도망갔어야 했는데, 그렇게 민첩하게 반격할 수 있더란 말인가. 오늘 한 행동은 내가 아닌 다른 사람이 한 것 같아서 무섭기도 하고, 겁도 나고 기분이 참 묘하다.

우선 쏀 곳에 침을 발랐다. 된장이 있었으면 좋으련만 응급처치로는 아쉬운 대로 침이 그만이다. 어려서 벌에 많이 쏘여봐서 내성이 생겨 괜찮을 것이라고 자위를 해도, 검지는 따끔따끔 귀는 쓺북쓺북 아린 듯이 아팠다.

요즈음은 묻지 마 범죄가 자주 일어난다. 예상치 못한 공격에 속수무책 당하고 만다. 아무런 대비책이 없으니 그냥 눈뜨고 당할 수밖에 없다. 벌에 쏘인 게 딱 그 꼴이다.

막내딸이 대여섯 살 때였다. 외출했다가 집에 들어오는 길에 집 가까이 이르러 이제 혼자 가라고 보냈다. 그런데 이웃집 사내애가 갑자기 튀어 나오더니 다짜고짜 막내딸 머리통을 탁 치고 도망가는 것이다. 너무나 화가 나서 안절부절 못 했다. 무심히 걷다가 갑자기 맞았으니 얼마나 놀랐겠는가. 막내딸 맞은 머리통보다 내 가슴이 더 아렸다. 그 또래 애들이라 뭐라고 나무랄 수도 없었고 하루 종일 기분만 언짢았다. 그랬던 막내딸, 지금은 막내딸 아들이 군대에 갔으니 참 오래된 이야기다.

오늘 일도 그렇다 벌이란 놈들도 자기를 해치지 않는 한 잘 공격하지 않는다. 이놈들은 아닌 밤에 홍두깨 내밀듯 무례한 행동을 한 것이다. 벌집을 찾아 없애 버리려다 그만 두었다. 그곳에 심어 놓은 호박을 자기 것인 양 따 가는 사람이 있다. 그 사람이 호박 따러 왔다가 벌에 한 번 쏘이면 다시 오지 않을 것이란 생각이 들었다. 너희들은 오늘부터 호박밭 보초병이다. 이놈들을 보초병으로 임명해 놓고 쾌재를 불렀다.

며칠 후 내가 또 쐬었다. 이번에는 오른손 엄지 검지와 오른쪽 눈옆, 세 방이나 된다. 이번에도 그렇게 민첩하게 세 마리 다 죽였다. 이미 나는 도사가 되어 있었나 보다. 이놈들아, 나는 주인이다 주인! 벌집을 확인 해보니 조그마한 집에서 몇 마리가 서성인다. 내가 다섯 마리나 죽였으니 공격조가 몇 마리 안 되는 것 같다. 벌은 침이 하나뿐이고 침을 사용하면 죽는다는데 이놈들은 죽음을 무릅쓰고 공격 한다. 벌과 내가 아무 상관없이 서로 공격하고 죽임을 당하는 언짢은 일이 대 낮에 벌어지고 말았다. 참 안타까운 일이다.

그 일을 생각하건데, 벌이란 놈들이 내게 한 짓이 묻지 마 범죄와 흡사하다는 생각이 떠오른다. 예상치 못한 공격에 속수무책 당하고 마는 일들이 얼마나 많은가! 아무런 대책이 없으니 그냥 눈 뜨고 당 할 수밖에 없는 묻지 마 범죄가 벌들의 공격과 비슷하다는 생각을 하며 나를 공격하다 죽은 벌들에게 한 마디 한다.

"너희들 재수 없는 날이다."

5

내 삶의 저녁의 정원, 그리고... 나의 저녁나절은 행복하다

소녀티 벗지 못한 여리디 여린 밤송이
맘 놓고 주물럭대며 엉덩이 들이민다.
얼결에 반항도 못하고 받아든 씨앗 한 알

....

보이기 싫은 흉터자국 숨기고
먹구름 떠 앉고 사는 유배자 신세처럼
튼실한 밤을 삶아 속을 가만 열어 본다
세상 구경 못 하고 울지도 못 하고
자궁 속 웅크리고 있는 태아의 슬픈 눈물

속빈강정

머리만 염색하면 한 십 년은 젊어 뵈겠다는 아부적阿附的 소리를 가끔씩 듣는다. 겉보기는 그럴지 몰라도 속을 들여다보면 성한 곳이 거의 없는 폐품에 불과하다.

❙ 비문증

눈에는 모기 같은 이물질이 들어앉아 있다. 눈을 감는다. 미치고 환장하게 움쩍도 않고, 그 생각 때문에 불안하여 일이 손에 잡히지 않는다. 안과 의사는 "좀 빠르기는 하지만 노안으로 오는 현상이니 그 정도로는 수술도 하지 않는 것이 좋겠다"고 하며 참고 견디라고 하여 그러려니 하고 산다. 요즈음은 백내장까지 찾아 왔다.

❙ 비염

코가 자주 막힌다. 겨울에 찬바람을 삼십 분 이상 쐬면 콧물이 나온다. 그것이 감기를 데리고 와 겨울철이면 감기약이 주머니 속에서 떨어지지 않는다.

❙ 구내염

온 입안을 돌아다니며 흠집을 낸다. 이것을 전자빔(수지침 기구)으로 자가 치료를 한다. 시기를 놓쳐서 이놈이 곪을 때는 배가 고파도 통증 때문에 밥을 못 먹는다.

❙ 이齒

치은염이 고집을 부리면 다 뽑아버리고 싶다. 다 닳아 폐기처분해야 할 처지지만 아직 스물네 개나 숨을 쉬고 있고, 임플란트 하나, 다섯 개는 덧 씌웠다. 감, 호박, 수박, 복숭아, 포도 씨 다 까먹었는데 포도 씨는 포기하려 한다.

❙ 이명

가금씩 나는 것이 아니라 하루 종일이다. 그러니 정신을 집중하기 어렵다. 집에서는 라디오를 하루 종일 듣는다. 건강 진단 시에 소리를 잘 못 듣는다고 하나 보청기 낄 생각은 없다. 잠을 자려고 눕는다. 잡소리에 묻혀 숨죽어 지내다가 이때다 싶어선지 사이렌 소리보다 더 크게 윙윙댄다.

내 귀 안에는 풍뎅이 한마리가 산다
밤에는 잠 잘 줄 안다
눈만 뜨면 저도 금세 일어나
지치지도 않는지 하루 종일 구시렁댄다

초등학교 저 학년 때

풍뎅이 한 마리 잡아

모가지 비틀어 놓으면

빙글빙글 돌면서 내는 그 소리가 너무나 좋아

마음이 켕기면서도 잡고 또 잡았다

한이 맺힌 풍뎅이 후손들이

지금 내 귓속에 토박이로 자리를 잡은 건지

이 나이쯤이면

웬만한 싸움거리는 허허 하고 넘길만할 터인데

그놈의 풍뎅이 소리 음악 삼아 살 때도 되었건만 영 불편하다

▌엄지손가락

양 쪽이 다 아프다. 아는 병이라고 병원에 안 가고 그냥 두었더니 마디가 툭 튀어나왔다. 보기도 싫고 가끔씩 가벼운 통증이 온다. 이것쯤이야 참고 견딘다.

▌기관지염

폐결핵을 앓아서인지 숨이 약간 가쁘고 가끔씩 열도 나고 가래도 나오고 심장이 돌을 얹어 놓은 듯 무겁다.

▌오십견

양쪽 다 견딜 만하게 통증이 있다가 무리를 하면 손이 안 올라가도록 아프다. 정형외과 의사 말씀이 깨끗하게 젊은이 어깨로 돌아가기를 바라는 것은 무리라고, 그 말씀 옳고말고.

❙ 대장암

수술한 지가 이십 년 정도 되었으니 완치됐을 거라지만 수술했다는 생각도 잊은 지 오래다.

❙ 전립선

외출하기가 겁이 났다. 시간이 얼마나 걸릴 거리인지 계산하고 나다녔다. 소변이 마려워도 잘 나오지 않고, 쫄쫄 흐르다가 아예 문을 닫아 버리면 밤중에라도 응급실에 가서 팩을 찬다. 그 짓도 두어 번 하고 나니 불안해서 살 수가 없었다. 수술했더니 너무 잘 나와서 탈이다. 가끔씩 찔끔거려 아예 수건을 차고 다닌다.

❙ 허리

오십여 년 전에 삐끗하게 다친 것이 심심하면 고집을 부린다.

❙ 무릎

오른 쪽 인대가 늘어났다. 나이가 들어가니 통증이 자꾸 찾아온다. 아프다고 말하기도 그렇고, 아니라고 말하기도 그렇다. 무릎 보호대가 대기하고 있어도 은행알 떨어지라고 '쿵' 찰 때면, 그래도 오른쪽 다리다.

❙ 퇴행성 고관절염

의자에 앉으면 괜찮은데 방바닥에 앉으면 못 견디고 자꾸 꿈틀 거린다. 식당에 가면 메뉴보다 의자 유무에 눈이 간다.

❙ 발

무좀이 자리 잡고 있다. 왼쪽 엄지발톱이 살을 파고 들어가 잘라냈는데 남은 놈이 몇 배나 두꺼워져서 기형이 되었다. 오른쪽 발톱은 아직도 제 분수를 모르고 파고들려고 기회만 노리고 있다.

❙ 콜레스테롤

위험수치가 한참 넘었다고 호들갑을 떠는 바람에 약을 먹는다. 너무 독한 기운 때문에 견디기가 어려워 약도 포기하다. 그러나 은근히 켕긴다.

❙ 치매

고위험군(치매와 건강의 그 중간쯤의 병명)이라 했다가, 완치됐다고 했다가, 나는 그대로인데 깜박깜박 하는데, 이런 나를 보고 건강해 보인다고 한다. 그 말이 다른 사람한테 하는 소리로 들리고 나한테 맞는 말이 아니란 생각뿐이다.

눈에서 발끝까지 성한데 한 곳 없이 걸어 다닌 종합병원 환자지만 딴 사람이 보기에는 건강하게 보이는 것은 내 자신이 노화에서 오는 자연 현상이라고, 아프다는 생각을 전혀 안 한 까닭이 아닐까?

제자리 찾기

나이가 두 살이나 늦게 호적에 올라갔다. 그것 때문에 항시 마음속에는 무슨 큰 잘못이나 저지른 것처럼 꺼림칙했다. 내 잠재의식 속에는 본 나이를 찾고 싶은 마음이 강하게 자리 잡고 있었나 보다. 그런 어느 날, 얼큰하게 소주 한 잔 걸치고 기분이 좋게 콧노래를 부르고 아파트 계단을 올라오며, 오늘이야말로 본 나이를 찾아야 한다면서, 집사람 나이와 내 나이를 본 나이로 번호를 눌렀다. '이게 내 본 나이야.' '어서 오십시요' 환영할 줄 알았더니 삐까삐까 하고 소리를 내더니, 암호가 틀렸단다. '다시 입력하시라.' 두 번 세 번 누르자 수위가 화를 내고, 입을 다물고 대꾸도 안한다. 주인인 나를 아예 도적놈 취급해 버린다. 할 수 없이 화가 풀릴 때 까지 기다렸다가, 다시 눌러 본다. '나야 나, 문 좀 열어줘, 사정을 해 봐도 상대를 하지 않는다. 이놈이 내가 수위로 임명할 때, 안면몰수하고 암호 대지 않으면 절대로 그 누구도 열어주지 말라는, 내 말을 충실히 이행하고 있으니 나무랄 수야 없지만, 화가 나니 망치로 콱 부셔버리고 싶다.

그래 호적 나이로 눌러보자 앞의 네 자리가 전혀 기억이 나지 않는다. 아무리 머릿속을 더듬어 봐도 시커멓게 먹물만 가득 차 찾아낼 수가 없다. 한번 당황하니 사방이 캄캄한 밤이다. 할 수 없이 집사람한테 전화 하려니 전화번호가 기억나지 않는다. 아들한테 하려고 하니 아버지 망령들었다고 할까봐 들었던 전화기를 내려놓는다. 한참을 참고 있다가 지루하고 따분해서 도저히 못 견디겠다. 망령이고 뭐고 채면 따질 때가 아니다. 빨리 집으로 들어가고 싶어 전화를 건다. 번호 하나가 틀려도 안 된다.

사실 우리 집과 아들 집은 집 전화는 앞 자리리만 다르고 핸드폰은 초장 종장은 같고 중장만 다르다. 그러니 집 전화 두 대 핸드폰 여섯 대 모두 종장은 똑 같다. 아파트 열쇠 번호도 똑 같다. 그렇게 쉽게 만들어 놨어도 그 것 하나 기억 못 하다니, 남의 시를 이백 몇 십 편을 암기한다고 까불고 주접떨면서, 정작 알아야 할 마누라 핸드폰 번호도 암기하지 못 하니, 소가 웃을 일이다. 창피해서 누구한테 하소연도 못 하겠다. 두세 시간 기다리는데 왜 이리 따분하고 몇날 며칠 같이 시간은 더디기만 한지, 아무 생각도 하기 싫고 오직 목표는 집에 들어가고픈 생각만 가득 차 있다.

잘 쓰던 열쇠 버리고 디지털 도어로 바꾼 것을 후회해도 소용없다. 수첩만 담고 있었어도 이런 고생을 하지 않았을 텐데, 땅을 쳐도 소용이 없다. 벌써 반년이나 아무 탈 없이 잘 드나들었는데. 한번 브레이크가 걸리니 문지방 넘기가 이렇게 힘이 든다. 세상이 암흑천지고 도

대체 길이 안 보인다. 눈을 떠도 아무것도 보이는 것이 없고, 사방은 캄캄한 밤이다.

술 한 잔 걸치면, 소심한 사람도 이렇게 간덩이가 부어 보이는 게 없고, 소도 잡을 수 있는 용기가 생기고, 평소에 숨겨두었던 품고 있는 말을 스스럼없이 내 뱉는다. 취중 진담이라고 했던가. 안 되는 줄 뻔히 알고 있었음에도 마음에 먹었던 일을 실천 하려고 하는 그 용기 가 상키는 하다마는 결과는 뼈아픈 고통을 감내해야하는 처참한 일이 벌어지고 난 것이다.

내시경 하는 날

대장내시경 하는 날이다. 3,4일 전부터 딸기, 참외, 키위, 포도, 흑미, 현미, 옥수수 등은 먹지 않아야 한다. 소화가 잘될 것만 먹어야 한다. 검사 전날은 흰죽만 먹어야 한다. 검사당일은 당연히 금식이다.

대신 세정액 250ml를 아침 일곱 시부터 매 십 분마다 아홉시 삼십 분까지 다 마셔야 하는데, 그 시간 맞추기가 여간 어렵지 않다. 십 분이란 시간이 짧은 것 같지만 초침 돌아가는 것을 보고 있으면 그렇게 지루하고 따분할 수가 없다.

그 시간이 아까워 책장이라도 넘기고 있으면 모자라든지 넘치기 일쑤다. 건성건성 책장을 넘기다 보면 십 분이 훌쩍 지났고, 이번에는 맞춰봐야지 하고 보면 6~7분밖에 안됐다. 얼마나 맞추기 어려운 일인가. 핸드폰 등장 이후 손목시계는 한 쪽으로 내쳐져 잠만 자고 있으니 있으나 마나하고 벽시계로 가늠하다 보니 고개도 아프지만 여간 답답한 게 아니다.

세정액 마시기는 또 얼마나 역겨운가. 이 맛도 저 맛도 아니고 비위가 상할 듯 말듯 짜증나고, 욱 하고 토할 것 같으니 마시기도 싫고 왜 이런 것을 먹어야 하나짜증만 나고 살맛이 뚝 떨어진다.

장 청소가 시작되면 뱃속에서 우르릉 쾅쾅 벼락 치는 소리가 나고, 화장실에 들락거리기 시작 하는데 잠시도 앉아 있을 참이 없다. 지루한 전쟁이 끝나면 정신을 차리고 상태를 본다. 맑은 내용물이 나오면 더 마시기 싫어진다. 담당 의사가 물어보면 한 봉지 덜 먹었다고 해야지 하고 피식 웃는다. 사실은 세 봉지를 안 먹었기 때문에 두 봉지는 그냥 꿍쳐 놓고 말할 셈이다.

담당 의사는 내 마음속까지 꿰뚫고 대장에 찌꺼기가 남아 있으니 다음에는 꼭 다 먹으라는 것이다. 멀건 물아 나와도 억지로라도 다 먹으라는 것이다.

대장 속을 들여다보면 얼마나 길고 요상한지 마치 동굴 속에 들어간 듯 구불구불 돌고 돌아 구멍이 펑 뚫려 있는 곳도 있고 언덕 같은 곳, 시냇물이 흐른 것 같은 곳도 있고, 통통한 곱창 같은 것이 있기도 하다. 심심한데 저것 한 점 구워서 소주 한 잔 킥 했으면 좋겠다고 피식 웃는다.

반수면 내시경이라 통증은 거의 못 느끼고 비몽사몽간에 미로 속을 산책 하듯 끝났다. 다 끝났음에도 더 누워 있으란다. 포도당이 다 들어가야 된단다. 두 시간을 더 맞아야 한다니 엉덩이가 들썩거려 삼십 분만 더 맞기로 담장자와 타협한다.

일어서니 어지럽고 휘청거린다. 그러니 자가운전은 안 되고 보호

자와 반드시 동반 하라는 말을 실감한다. 마취가 덜 깼는지, 금식해서 그런지 머리가 핑핑 돌고 비틀댄다.

십칠팔 년을 하다 보니 이제는 그만 하고 싶은데, 용종이 또 생겼단다. 용종이 2cm가 넘으면 암으로 전환될 확률이 있다는 것이다. 처음 수술 할 때는 용종이5cm나 되어 수술을 하였다.

재수 없게 용종이 또 생기다니 그 소리만 들으면 머리카락이 쭈뼛쭈뼛 솟는다. 만에 하나 암으로 전이 됐으면 어쩌나 치료기간의 고통, 그 생각만 하면 오싹 소름이 돋는다. 검사 결과가 나올 때까지는 쫓기는 범인보다 더 불안하다. 설마 괜찮겠지 자위를 해 보지만 긴장은 늦출 수가 없다. 아무것도 손에 잡히지 않아 건성건성 허송세월 보낸다. 그냥 멍 하니 누워 시간만 까먹는다. 담당의사의 무혐의 판결을 고대한다.

내시경 할 때마다 모든 리듬이 깨져 버리니 일상생활이 엉망진창이다. 살아간다는 것이 내 의지대로 되는 것이 아니고 나도 모르게 날마다 질병과 싸워야 한다. 단지 그것을 모르고 편하게 살지만, 내 몸은 숨을 멈출 때 까지 나를 지키고 있는 것이다. 고마운 일이 아닌가.

단벌치기

어쩌다 보니 동복 정장은 내 중년을 지탱해주면서 나를 단벌신사로 만든다. 그 옷을 구입한 지가 정확히는 몰라도 어림짐작으로 40년은 넘지 않았나 싶다.

지금 입고 나가도 고古티가 나지 않는다는 소리를 가끔 듣는 것을 보면 색깔이나 디자인이 잘 된 것을 고른 것 같다. 강산이 몇 번 변했어도 아직 떨어진 곳이 없다. 옷을 입을 기회가 거의 없으니 당연하다. 너무 오래 입었다. 자식들이 보기에 민망한지 한 벌 구입해 준다고 했지만 한사코 사양했다.

점퍼야 가죽, 세무, 닭털 등등 하여 여러 벌이다. 그래도 하복 정장은 세 벌이나 된다. 맨 나중 것은 환갑 때 샀으니 벌써 이십 년이 넘었다. 환갑 날 한 번 입고, 그 뒤로 두어 번 입었던가, 그리하여 여태 드라이클리닝 한 번 안 하고 뻔뻔하게 버티고 있다.

생일이 여름이라 넥타이는 거의 맬 필요가 없다. 그러니 점퍼로 얼버무리기 일쑤여서 정장을 입어야 할 일도, 이유도 없다.

단벌 신사라고 하면 어쩐지 가난이 철철 넘치고, 꾀죄죄한 텁수룩

한 모습에 고리타분한 융통성 없는 사람이 연상 된다. 그것뿐이 아니다. 아무리 아니라고 발뺌해도 한 벌 가지고 온 겨울을 넘긴다는 말만 들어도 넌더리 칠만하다.

구두도 이십 년이 넘은 것 같다. 정장을 잘 안하니 구두를 신을 기회도 거의 없었다. 점퍼 스타일에도 구두는 더러 신긴 했다. 십여 년 전에 뒤 굽이 닳으면 징을 박아 달곤 했다. 이런 신발은 새로 갈아야 한다고 부추기는 바람에 기성화 값을 내고 밑창을 갈았다. 그래 놓으니 새 구두 같았다.

이삼 년 전에 이제야 버려야겠다고 생각하다 자세히 보니 아직도 맵시가 괜찮아 보였다. 구두 수선공한테 가서 조금만 꿰매 달라고 하니 징도 박아주고 구두해라를 쓰지 않게 수선해 주었다. 그때 버리려고 마음먹었지만 신을 만하여 여직 신고 다녔다.

점퍼 차림에는 운동화가 제격이다. 발도 편하고 또 빨리 걸을 수 있는 장점이 있다. 나 같은 사람만 산다면 양복, 구두장사들 다 굶어 죽게 생겼다.

무엇이든지 휙 버리지 못하고 망설이는 꼴이 나를 확실하게 대변해 준다.

애기똥풀

"관절염 환자가 병원 예약 해 놓고 애기똥풀 달여 먹고 나섰다"는 말에 귀가 크게 뜨인다. 고향 집안 안 조카가 관절염 때문에 고생한다는 말을 들었다. 얼마나 아프면 자다가 일어나서 소리 죽여 울었겠는가.

애기똥풀 하면 장은수의 '애기똥풀 자전거'란 시조가 생각난다.

색 바랜 무단폐기물 이름표 목에 걸고
벽돌담 모퉁이서 늙어가는 자전거 하나
끝 모를 노숙의 시간 발 묶인 채 졸고 있다

애기똥풀의 첫 수다. 그는 이 시조로 신춘문예에 등단한 행운도 얻었다.

지하철 입구에 세워 놓은 낡은 자전거에, 애기똥풀이 무성하게 자라 자전거를 타고 올랐다는, 우리 주위에서 쉽게 볼 수 있는 흔하디흔한 풀이름이다. 꺾으면 노란 진이 나오는데, 그것이 애기 똥 같아서 이름을 애기똥풀이라고 지었다고 한다. 이름 그대로라면 여리고, 착

하고, 큰소리 한 번 지르면 앙하고 울음이나 터트릴 것 같은 아주 순한 풀이름이다. 언젠가 호박순 옆 치우다 옷에 묻은 진이 지워지지 않는다는 것만이 내가 알고 있는 상식의 전부였다.

서울 와서 애기똥풀을 수집하고 있는데 지나가는 사람이 이것 진을 무좀에 바른다고 했다. 중국에 있을 때 그 사람들과 같이 발라 봤다는 것이다. 우리 아파트 정자 그늘에다 말려 놓으니, 101동 아줌마가 독풀인데 뭣 하려 말리느냐고 물었다. 또 어린이집 운전기사는 독풀 아니냐며 끼어들었다. 가끔씩 찾는 한약방 원장이 말하기를 한방에서는 진통제로 쓰이는데 독성이 강해서 조심한다고 했다.

이럴 수가, 세상이 다 아는데 나만 몰랐다니, 창피했다. 평소에 자연식에 관심이 많아, 단식도 해보고 생식도 해보고, 지금도 아침은 미숫가루로 때우고 있다. 또 쑥, 달맞이꽃, 뽕잎, 질경이, 솔잎, 찔레, 미역 등을 삶아서 수시로 마시는데, 애기똥풀이 약이 된다는 소리는 처음 들었다.

한방에서는 백굴채白屈采라고 하고, 양귀비 과 두해살이 풀이다. 피부과, 기관지, 간염, 황달, 결핵 까지 만병통치약에 가깝다. 한줌 달여 먹는다. 한 컵의 사분의 일쯤 물에 타서 조금씩 마셔본다. 독이 있다고 하니 겁이 나고 조심스럽다. 쓰다, 먹어본 음식물 중에 제일 쓰디쓴 소태맛이다. 보통 쓴 게 아니라 다시 먹고 싶은 마음이 싹 가신다.

왼쪽 발바닥이 껍데기가 많이 벗겨져, 먹고 바른 탓인가 조금 완화

된 것 같았는데, 완치된 줄 알고 한 보름쯤 안 발랐더니 전과 같은 증상이 다시 나타났다. 확실히 검증이 안 된 것이라 권장할 사항은 못 된 것 같았다.

비상砒霜도 조금 먹으면 약이 되고 많이 먹으면 독이 된다. 부자附子도 조금 먹으면 보가 되지만 양이 많아지면 사약死藥이 되지 않던가. 이렇듯 아무리 좋은 것이라도 과하면 독이 된다. 모든 것이 적당히 알아서 남 피해 안 주고 순리대로 살아야지, 내 욕심만 가득 채우고, 이웃은 쳐다보지도 않고 나와 내 가족만 잘살겠다고 욕심 부리면 안 될 것이다. 애기똥풀도 마음을 비우고 적게 먹고 잘 소화시켜야 할일이다.

출구 바로 찾기

지하철은 역마다 출구가 얼마나 많은가. 제 번호를 모르면 사방은 깜깜 절벽이다. 지금까지 출구번호보다는 방향감각으로 살아왔으니 이런 현상이 나타난다. 사십 년이 넘게 드나드는 청량리역도 몇 번 출구인지 모르고 살고 있다. 그래도 아무런 불편이 없다. 맨 앞으로 나가면 되니까.

누구와 약속을 하다 보면 출구를 묻는다. 그제야 나도 출구를 모르고 있다는 것을 깨닫는다. 몇 번인지는 모르겠고 맨 앞 우측으로 나오면 된다고 해도 미심쩍어 한다. 그때는 바오로병원 건너편이라고 하면 대부분 감을 잡는다.

낙원상가를 찾아간다. 아무래도 길이 낯설어 물어본다. 눈 감고도 갈 수 있다고 자부하던 곳인데, 정 반대로 가고 있다. 밴드생활을 할 적에 낙원상가 이층 악기점 통로는 악사樂士들의 일터를 알선해주는 복덕방 겸 쉼터 역할을 한 곳이다. 그러니 악기 만지는 사람은 누구한테나 고향같이 익숙한 곳이다.

거기를 찾아가다 길을 잃었으니 있을 수 없는 일이었다. 치매 증상이었을까, 내가 무서워 가슴이 섬뜩했다. 이렇게 번호에 둔감한 내가 낙원상가 간다고 건너편 반대 방향으로 간 것은 어쩌면 당연한 일이었는지 모른다. 출구 번호를 기억했으면 오늘 같은 일이 벌어지지 않았을 것이다.

주로 이용하는 역은 청량리, 종로3가, 안국동, 무학재, 창동, 건대, 중화, 사당역 등인데 출구 번호 아는 것은 네 곳이다. 또 내릴 때도 한 정거장 더 가기가 일쑤다.

석계역에서 수십 년을 살다보니 이문동으로 이사 와서도 석계역에 내리기 좋은 자리에 서서 싱겁게 갔다가 아차하고 되돌아오곤 했다.

지하철을 타면 그 시간이 아까워서 안달복달하는 사람처럼 뭔가를 해야 직성이 풀린다. 암기한 시를 다시 되새김 한다든지, 숫자 거꾸로 센다든지, 미심쩍은 부분을 갈무리한다든지, 혼자일 때는 그 시간을 거의 허비하지 않는 것이 버릇이라면 버릇인데, 그 때문에 한두 정거장 더 가는 것은 흔히 있는 일이다.

이제부터라도 출구를 알아야 할 때가 온 것 같다. 지금 까지는 감으로 엄벙덤벙 살아와, 아는 길에서도 해매고 살아왔지만 치매 걸렸다는 소리 안 들으려면 출구 번호는 꼭 기억해야겠다.

출구가 아무리 크고 화려해도 내가 갈 곳이 아니면 아무 소용이 없다. 비록 쥐구멍 같이 작고 협소해도 내가 가야 할 길이라면 구멍을 키워서라도 해쳐 나갈 일이다.

잘살고 못사는 것은 출구를 정확히 찾은 사람과 다른 출구에서 해매는 사람일 것이다. 아무리 빨리 걸어도 방향이 틀리면 헛걸음일 뿐이다.

환풍기

아파트도 나이를 자꾸 먹으니 여기저기 손 볼 곳이 많다. 안방 욕실 환풍기가 비실비실 하더니 딱 멈춰 서서 돌아갈 생각을 않는다. 거실 환풍기와 욕실 환풍기도 꼼짝 않는다. 그래 이십여 년을 일했으니 탈 날 때도 되었다.

집수리 안내서를 본다. 욕실의 환풍기 교체 삼만 원, 두 개면 육만 원이다. 그러나 저러나 새것으로 갈아야겠기에 왕십리 중앙시장에 가서 두 개를 이만 원 주고 샀다. 공짜로 얻은 것 같은 기분이었다.

이것쯤이야 나도 교체할 수 있겠다 싶어 드라이버로 못을 돌려본다. 녹이 잔뜩 슬어서 그런지 꿈쩍도 하지 않는다.

추석에 막내사위가 다니러 왔을 때 부탁했다. 뜯어놓고 보니 환풍기 날개에 기름때가 팍 절여 있고, 그렇게도 다양한 오물들이 방안 어디서 나왔는지 겹겹이 진을 치고 있어도 끙끙 참으며 용케도 잘 견뎌냈다.

이제 보니 환풍기는 날아다니는 이물질은 다 잡아다가 밖으로 내보내는 역할을 충실히 했다. 미처 밖으로 밀쳐내지 못한 것들이 몸에 달라붙어 차츰 쌓여가다 보니 어느새 짐이 꽉 차 일어서지도 못하고 푹 쉬고 있었다.

환풍기도 처음에는 씽씽 잘 돌아갔지만, 날개가 닳고 기름때가 자꾸 쌓이면서 서서히 일하는 속도가 줄어들더니 나처럼 늙었다.

사위가 그런다. 이것을 닦으면 다시 쓸 수 있겠다고, 그러나 그것을 닦아 쓸 생각이 전혀 없다. 그 동안 너무 무리하게 일했으니 이제는 편안히 쉬게 하고 싶어서이다.

군견도, 마약탐지견도 정년이 되면 퇴역한다. 아무래도 나이가 들면 모든 것이 초심 때처럼 제대로 될 리가 있겠는가? 어디 가나 원로 대접 받을 나이이고, 지금 죽어도 노환으로 죽었다고 말할 고령자인데 욕망은 사라지지 않고 무엇이라도 더 할 수 있다고 믿고 있으니 노망이 아닐까? 다 죽어도 나는 죽지 않을 것 같은 망상, 마음이야 지금도 마라톤을 하고 싶다.

농부는 곡식 자라는 재미에 푹 빠져 늙어 가는 줄도 모르고 자기 일만 열심히 한다. 품삯이 안 나온다 하더라도 계절 따라 농사짓는 것이 의무인 양 즐거운 마음으로 일만 한다. 몸이 아파도 끙끙 참으며 한 지게 잔뜩 지고 비틀거려도 누구 한 번 원망도 하지 않고, 세상을 사는 것이 다 그러려니 체념하고 산다.

보이지 않는 음지에서 이렇게 좋은 일만 하면서도, 고맙다는 말 한마디 듣지 못 하고 산 사람도 지치고 병들고, 늙어지면 가차 없이 내쳐지는 세상인심이다.

온통 먼지와 싸우며 묵묵히 제 일을 하던 환풍기는 전생에 착한 농부가 아니었을까?

마음 비우기

집안 가득 쌓여 있는 먼지를 털어낸다. 비닐봉지 하나도 휙 버리지 못하고 분류해서 차곡차곡 쌓아둔다. 책이라는 이름표만 붙었어도 책꽂이에 꽂는다. 시집이라는 시詩자만 붙어도 신주 모시듯 한다. 그러다 보니 방 한 칸을 책들이 차지하고 드러누울 자리가 없다. 그나마 책꽂이에 꽂힌 놈은 숨이라도 쉬지만 땅 바닥에 쌓인 놈은 있는지 없는지 구별하기가 어렵다.

그뿐인가 신문에 '시가 있는 아침에' 연재된 시도 긁어모은다. 떡잎이 될 성 싶은 씨앗은, 신문이나 잡지 가리지 않고, 보는 대로 주워 담는다. 너무 방대해서 무엇을 모아뒀는지도 모르겠다. 그래도 가끔씩 가뭄에 콩 나듯 시 한 편씩 건지기도 한다. 너무 많으니 없는 것 하고 별로 다르지가 않다.

무엇이든 털어내야 하는데, 방도 숨 쉴 수 있게 털어내야 하는데, 마음뿐이고 엄두가 나지 않아 망설이기만 한다. 내가 죽기 전에는 그대로 방에 머물 수밖에 없는 놈들이다.

아들이 동탄에다 아파트 두 채를 계약해 놨다고 한다. 우리 집에 한 번씩 다녀가는데 시간이 너무 걸린다고 가까이 살고 싶단다. 거기는 아파트 단지 뿐이고, 또 바로 산 밑이어서 산은 쉽게 오를 수 있을 것 같고, 공기도 좋을 것 같다. 혹시 이사를 갈지 몰라서 이 핑계에 방을 정리 좀 해 보자.

베란다에는 여행용 가방이 많다. 큰딸이 브라질에 살기 때문에 가끔씩 다니러 나올 때 마다 여행용 가방이 필요하다. 큰아들도 캐나다에 살기 때문에 예비로 보관하고 있다. 큰 가방 세 개, 작은 가방 두 개만 남겨둔다. 자리만 차지하는 책도 하나씩 치운다. 한 번 보고 버리려고 마음먹고 아꼈지만, 십 년이 넘어도 그 자리에 그대로 있는 책을 골라낸다. 방안이 조금씩 넓어진다. 버리기 아까운 것들이 다 쓸려 나간다.

옷도 입지 않은 것을 골라낸다. 딸이 아르헨티나 제품이라고 사온 세무 점퍼도 밀쳐낸다. 너무 무겁고 일 년에 한 번 안 입으니 보관할 이유가 없다. 그 먼 곳에서 부모 위한다고 가져 온 것인데, 미안하기도 하고 섭섭할 뿐이다. 코트도 버린다. 평소에 점퍼 스타일이라 정장은 거의 안한 편이라, 동복 한 벌이 사십 년째 버티는 이유다.

작품이란 작품은 다 이면지에 복사 돼 있어 버리기에 시간이 많이 소모된다. 똑 같은 내용들이 여기 저기 보관돼 있고, 쓰다만 쪼가리 작품, 시라고 말하기에는 너무나 어설퍼, 마음에 들지 않은 것들을 골라내려면 시간만 물 쓰듯 잡아먹는다. 그래도 거추장스런 것들을 치우니 마음은 가벼워진다.

팔순 기념 집 낸 지도 삼 년이 되었건만 허무한 욕망은 사그라질 줄 모르고, 아직도 무슨 할 일이 그렇게 많은지, 하고 싶은 일은 또 얼마나 많은지, 언제 철들지 모르겠다.

책이나 옷만 버릴 것이 아니라 제 나이도 가늠 못 하면서 꼭 무엇이나 될 것 같은 소년처럼 무지개 꿈만 꾸고 있는 그 정신머리도, 고물덩어리 속에다 담아서 버리면 얼마나 개운할까?

장미호박

이른 봄 종이컵에다 호박씨를 심는다. 밀고 올라오는 떡잎이 영 시원치 않다. 그나저나 밭으로 시집보낼 놈 예닐곱 개 고른다. 날씨가 쌀쌀해서 그런지 힘을 못 쓰고 비실댄다. 그래도 두 주가 호박잎 체면 세워준다. 아침저녁으로 쳐다보고 머리를 뽑아 올려서, 어서 키우고 싶은 귀여운 놈이다.

흐린 날 아침에 보니 탐스러운 모습이 슬쩍 사라지고 없다. 아니 누가 눈독이라도 드렸었나, 아깝지만 쓰린 마음을 달랠 수밖에 없었다. 나머지 한 주가 또 위험하다. 꽃보다 더 귀여운 이파리를 콱 찢어 보기 흉하게 만들어 놨다. '너를 보호 차원에서 한 행위이니 용서해라'. 이제는 뽑아 가지 못할 정도로 자랐다. 안심하고 있었는데, 옆집 영감이 돌배나무를 다듬느라 눈에 넣어도 아깝지 않을 놈을 댕강 잘라놓았다. 죽은 자식 뭐 만지는 식으로 남은 밑동 만져보며 서운한 마음을 달랬다.

어느 날 아침 눈이 휘둥그레졌다. 눈길 한 번 제대로 받지 못한 모서리에서 비틀대던 놈이 찬란하게 꽃을 피웠다. 날마다 보았을 터인데 눈에 띄지 않았단 말인가? 처음 피는 꽃이라 당연히 수꽃인 줄 알았는데 자세히 들여다보니 암꽃이었다. 통상적으로 암꽃은 수꽃보다 숫자로 현저한 열세인데, 무슨 바람이 불었단 말인가?

이걸 어쩐다. 접을 붙여야 하는데 호박꽃을 찾아 혈안이 되어 찾아나섰다. 작년에 호박이 있던 곳을 다 뒤졌다. 호박순은 많이 있어도 꽃은커녕 겨우 떡잎 몇 개 내 논 초라한 놈뿐이었다. 야단났다. 아무 꽃이라도 찾아야 하는데, 화려한 넝쿨장미가 유독 눈에 띄었다. '그래 오늘 신랑은 너다. 넝쿨장미야, 너 오늘 장가 가거라. 달덩이 같은 호박을 하나 달고 나오너라.' 지가 무슨 종자개량 하는 박사처럼 호박꽃에다 장미꽃을 접붙였다.

아무리 생각해도 믿기지 않는다. 호박 줄기가 몇 발씩 뻗어나가도 호박 하나 달기 어려운데, 겨우 세 뼘 뻗어서 암꽃을 피우다니 기적 같은 이야기다.

2박3일 여행을 갔다 오니 하나가 또 피었다. 아니 이놈들이 이 가뭄에 진을 다 빼 버리고 진짜로 열어야 할 때, 게으름 피우면 어쩌나 걱정이다. 주위에 풀들은 거의 말라 시드는데 이놈들은 내가 매일 준 물 덕분에 가뭄도 모르고 팔팔하게 잘 자란다. 장난삼아 호박꽃도 피어 보는 것이다.

호박순은 참 엄살이 많기도 하다. 땡볕이 내리쬐면 이파리가 축 처지고 비틀비틀 배배꼬다, 오그라들어 나 죽겠네. 요란한 통곡 소리가 날 것 같아도 땡볕이 꼬리를 내리면 언제 그랬느냐는 듯 기가 살아서 펄펄 난다. 여름 내내 게으름을 피우고 있는 것 같아도 서리가 내리기 전에 울퉁불퉁한 호박을 주렁주렁 매다는 기염을 토한다.

얄미운 벌레들

호박을 따온다. 국을 끓인 며느리가 호박에 구더기가 들어있다고 한다. 설마 호박 속에 어떻게 구더기가 들어간다는 말인가? 도저히 믿기지 않아서 못 들은 척했다.

어느 날 호박이 물컹물컹 썩어가는 것을 보고 쪼개 보니 구더기가 바글바글 하다. 진짜로 구더기가 살고 있구나. 내친김에 이번에는 단 호박도 하나 따서 쪼개 본다. 칼날이 잘 안 들어간다. 용을 쓰고 쪼갠다. 그 속에도 구더기가 우글거린다. 이렇게 단단한데 구더기가 어떻게 들어갔다는 말인가? 아니 이놈의 동네는 호박에 구더기만 키우나 투덜거린다.

그뿐 아니라 밤도 사방이 단단한 가시로 무장 돼 있고 도토리도 껍데기가 단단하다. 그 속을 어떻게 벌레들이 뚫고 들어간다는 말인가? 의문을 풀지 못해 답답했는데, 밤은 가시가 부드러운 풋밤일 때 거기다 알을 슬면 밤 속에서 구더기가 되어 살아간다는 소리 듣고 긴 가민가 그러려니 하고 말았다.

소녀티 벗지 못한 여리디 여린 밤송이

맘 놓고 주물럭대며 엉덩이 들이민다.

얼결에 반항도 못하고 받아든 씨앗 한 알

떫고 비린 가슴도 허물 많은 젊음도 속은 다 파 먹혀도 상처는 다 문다

홍수가 지나간 자리 아픈 흔적 파이듯 햇볕도 못 들게 문이란 문 꼭 닫고

절대로 보이기 싫은 흉터자국 숨기고 먹구름 떠 앉고 사는 유배자 신세처럼

튼실한 밤을 삶아 속을 가만 열어 본다

세상 구경 못 하고 울지도 못 하고

자궁 속 웅크리고 있는 태아의 슬픈 눈물

검정꿀꿀이바구미 일명 '밤벌레'라는 졸 시다.

호박꽃을 먹는다는 소리를 듣고 그것을 말리기 시작했다. 흐드러지게 핀 꽃이 아깝기도 하던 참이었다. 하루에 4,50개씩 말렸다. 그 속에서 구더기가 꾸물거렸다. 처음에는 무심히 넘겼다. 그 놈들이 뭣 하러 꽃 속에 들어갔다는 말인가? 그 꽃들은 곧 시들어 버리고 말 터인데 하고 중얼거렸다. 말린 것을 봉지에 담을 때 밑에도 구더기가 꿈틀거렸다.

그때서야 호박 속에 벌레가 들어간 경로를 유추해 본다. 구더기 벌은 호박꽃만 보면 무조건 알을 슨다. 수꽃에 떨어진 놈들은 그대로 도태되고 암꽃에 떨어진 놈들은 호박이 맺히면 살며시 타고 내려가 야금야금 갉아먹으며 살다가 호박이 썩으면 그 속에서 번데기로 변한다.

이 말은 순전히 내가 보고 느낀 것을 기술한 것이다. 실제로 그러한지 다른 이유가 또 있는지는 장담할 수 없다. 그 사실들을 다 보고 확인하지 못했기 때문이다.

호박꽃에는 파리, 나비, 개미, 벌 등이 찾는데 꿀벌보다 열 배는 더 커 보이는 벌이 있다. 아무리 생각해도 그놈은 비정상인 것 같다. 혹 그놈이 호박 벌레 알 슨 놈이 아닌가? 물증은 없어도 의심이 간다.

밤이나 도토리는 알맹이 속에 한 마리씩 들어앉아 창고가 바닥날 때까지 야금야금 아껴 먹는다. 허리 한 번 못 펴고 살아도, 불평 하지 않고, 어우러져 살아간다. 절대로 한눈팔지 않고 숨죽이고 있다. 그 행위는 밉지만 제 분수를 알고 살아가는 방법은 본받을 만하다.

채분菜盆 1

생김새가 화분이고 또 화분이라고 만들었으니 누가 봐도 화분이라고 할 것이다. 그러면 화분을 굳이 채분이라고 우기는가.

분명히 화분임에도 그 화분에 고추, 부추, 상추, 배추, 무, 가지, 토마토, 아욱, 쑥갓 등을 심어 놓았으니, 이것이 채소밭이지 꽃밭이라고 말할 수 있겠는가. 그 이름 때문에 고심하다가, 채소를 심은 화분이라, 그래 채분이라고 하자. 채분이라고 명명 하고 나서는 기분이 좋아 한바탕 유쾌하게 웃었다.

대대로 농사를 천직으로 살아온 농부의 아들로 태어나, 어려서부터 농사일에 익숙하다. 때문에 채소 하나 기르지 않은 서울 생활은 너무나 답답하고 따분했다. 해서 화분에다 채소를 기르기 시작했다.

보리밥 먹을 때 풋고추에 된장 찍어 먹던 그 맛, 보리밥은 없어도 내가 씨 뿌려 가꾼 고추 따다 먹는 통쾌한 재미, 그뿐인가 배추는 전 잎부터 서너 잎씩 슬슬 벗겨 먹으면 자꾸 새잎이 돋아나는데, 보통 일주일이나 열흘 정도면 또 따 먹을 수 가 있다. 무청도 계속 그런 식이다.

단독주택에서는 그것이 가능했는데, 아파트로 이사를 오고 보니 그것을 놔 둘 곳이 없었다. 단지 내에는 아무것도 못 내놓게 했다. 고민 고민 하다가 간선도로 옆 산책로 한구석에다 무조건 갖다 놓았다. 놓아둔 것 까지는 좋았는데 다음날 나가 보니, 이놈의 채분이 발이 달렸나, 푸대접한다고 화가 났나, 50여 개를 놔뒀는데 절반쯤 행방불명이다.

그것을 보충하느라 화분 집에서나, 길거리에 내쳐진 놈, 재활용한 날 밀려나온 놈, 보는 족족 주어다 놓으면 또 그만큼 흔적 없이 사라진다. 밤낮 지킬 수도 없는 노릇이고, 묘법을 찾아본다.

하얀 페인트를 사다가 어린이 흙장난 하듯 보기 흉하게 칠해 놨다. 어디에 있더라도 내가 보면 금방 찾을 수 있게, 그러거나 말거나 화분이 씨가 없어질 태세가 되고 보니 최후의 수단을 쓸 수밖에, 눈물을 머금고 채분 테두리를 다 부셔 버렸다. 철거 하다 그만 둔 헌 집의 잔해 같아, 너무 흉해 가슴이 아팠다. 그래도 부서진 채분 속에서도 채소는 잘 자랐다.

어느 날부터인가 누가 채분을 만진 흔적이 나더니, 자기 것이라고 우기는 여인이 나타났다. 아내가 왜 남의 화분을 만지냐고 하니 자기가 거기에다 채소를 심었다는 것이다. 이 화분이 하늘에서 떨어진 줄 아느냐 이것은 우리 것이라고 하니 여기 그냥 놔 둔 것인 줄 알았다는 것이었다. 화가 난 아내는 그렇지 않아도 화분이 없어져 잡기만 하면 파출소에 신고하려던 참이었다고 파출소로 가자고 하니 그제야 잘못

한 것 같다고 자기 집에 있는 씨앗과 조로를 주겠다고 하여 받아온 씨앗이 매운 야채, 시금치, 파, 무, 상추 등이었다.

그 씨앗을 놔두고 심을 곳을 찾다가 내 채분에다 자리를 잡으려했던 것 같다.

그 후로도 고추나 가지가 주렁주렁 자라면, 뚝 따 먹고 싶어도 아직 약이 차지 않아, 차마 따지 못하고 조금만 더 영글라고 해 놓고 이때쯤 하고 찾아가면, 누가 나보다 먼저 따 가 버린다. 한 번도 아니고 매번 그러니 채분을 확 뒤집어 버리고 싶었다. 그래도 내 몫이 더 많겠지 자위를 하지만, 마음은 불안하고 애가 타도 채분 속의 채소들은 무럭무럭 자랐다.

작년에 산책로를 새로 단장하면서, 구청에서 내 채분을 다 치워 버렸다. 좀 서운하기는 했지만 억울한 생각이 전혀 없다. 그러나 채분이란 말을 쓸 일이 없어지고 보니, 아끼고 정이든 논밭을 다 팔아버린 농부같이 속이 텅 빈 듯 허전하다.

채분菜盆 2

채소를 기르다보면 거름 탓을 많이 한다. 퇴비를 만들 여건이 되지 않아 음식 쓰레기를 모았다가 준다. 이놈들이 퇴비 역할을 톡톡히 한다. 채소는 영양분이 없으면 잎이 누렇게 되지만 영양이 충분하면 초록으로 짙어진다. 그 정도가 딱인데 과잉 영양이 되면 검은색으로 변하면서 통통 부어 제 몸도 못 가누는 비만자처럼 된다.

이것도 농사라고 짓다 보니 동물과 식물의 차이점을 발견한다. 아무리 욕심 많은 돼지에게 아무리 맛있는 먹이를 많이 준다고 하더라도 돼지는 배가 차면 그만 먹는다. 많이 먹고 배 터져 죽었다는 소리는 아직 한 번도 들어보지 못 했다.

사자도 배가 차면 먹이가 코앞에서 얼쩡거려도 쳐다보지도 않는다. 그러나 식물은 주면 주는 대로 계속 받아먹는다. 웃자라 죽든 말든 그건 나중 일이고 우선 먹고 본다.

이것이 동물과 식물의 차이 점이다. 비슷한 분량이라도 삭지 않은 것은 괜찮으나 곰삭은 것을 주면 한꺼번에 다 먹어 버린다. 배 터져 죽든 말든 그건 나중일이고 우선 먹고 본다.

어려서, 아버님이 도래샘 논에 보통 때보다 일찍 모를 낸 적이 있었다. 날씨가 쌀쌀한 탓인지 좀처럼 모가 깨어나지 못 하고 숨만 겨우 쉬고 있었다. 무럭무럭 자라나면 자랑하고 싶었을 아버지는, 그 모양으로 게으름만 피우고 있으니 창피하기도 하고 화가 났는지, 금비를 주었다. 그러고 나서 기다려도 기별이 없었다. 또 주고, 또 줘도 효과가 안 나니 더 주었다. 그래서 자꾸 주다 보니 금비를 너무 과다하게 주고 말았다.

날씨가 풀리니 난쟁이 같던 벼들이 쭉쭉 기지개를 켜 뻗어나가 하늘 높은 줄 모르고 자랐다. 아무래도 너무 웃자라 난리였다. 아침에는 이슬에도 못 견디고 휘어졌다. 그러면 간짓대로 털어주었다. 처방전은 나와 있는데 그걸 쓰기가 겁이 났다. 물을 다 빼 버리고 삐득삐득 말리면 됐을 텐데, 그러면 물을 다시 넣지 못 하게 될 경우 다 말라 죽어, 그도 저도 못하고 망설이다가, 벼가 걸쪄 버려 쭉정이는 고사하고 볏짚도 쓰지 못하고 말았다.

요즘 비만 때문에 고민들을 많이 하는데, 작물도 좀 부족한 듯 키워야 튼실한 열매가 맺듯, 어린이들도 잘 먹는다고 먹는 대로 주면 비만아가 되는 것과 같은 이치이다.

호미의 능청

쑥을 다듬다 말고 아내가 무슨 큰 잘못이나 저지른 것처럼 풀이 죽어 있다. '쑥과 민들레가 호미 서너 개는 사고도 남을 양이니 이것은 남는 장사요' 라고 위로 해 줘도 그 소리는 한 귀로 흘려버리고 '그것 살려면 몇 천 원은 줘야 할 터인데 몇 년 동안 부려 먹다보니 손때가 묻어 한 식구 같았는데' 하며 아쉬워한다.

나는 고추 두어 판 심을 터를 다듬느라 열심히 삽질을 했다. 내친 김에 고구마 두둑도 만들어 놨다. 그 사이 아내는 불암산 봄 냄새를 맘껏 삶아 먹자고 쑥을 뜯으러 갔다. 노란 민들레의 유혹을 물리치지 못하고 그걸 캔다고 호미를 가져 간 게 탈이었다. 민들레, 씀바귀야 몇 뿌리에 그치고 흐드러진 쑥과 씨름하다 보니 호미 따위는 안중에도 없었다.

검은 비닐봉지가 더 받아들일 힘이 없자 일어서려고 호미를 찾았으나 호미는커녕 그림자도 보이지 않았다.

그도 나이가 들면 개으름을 피우고 싶고 차츰 주인을 닮아 간다 싶었다. 풀을 뽑으면 손가락도 아팠다. 힘도 딸려 쉬고도 싶은 마음이 굴뚝같았다. 날카롭고 번쩍이던 날도 차츰 무디어지고 매끄러운 손잡이도 기회만 있으면 자꾸 흙을 발라 흙이 되어가고 있던 참이었다.

아내는 호미를 잃어버렸다고 자책하지만 호미가 일하기 싫어서 숨어 버린 사연을 아직도 눈치 채지 못 하고 있는 것 같다.

쪼잔한 이야기

공원이라고 말하기에는 어쭙잖은 자투리땅 귀퉁이에 호박을 심는다. 많은 사람들이 드나드는 곳이다. 그래도 호박순은 잘 자란다. 부드럽고 탐스런 잎이 몇 개 달리면 머리꽁지만 댕강 잘라 놓는다. 또 한참 순이 뻗어나가면 줄기를 팍 밟아 논다. 일삼아 몽니를 부리는 행위다. 호박순 줄기는 한 번 밟아도 뭉개지고 쪼개지긴 하지만 부러지지 않는 끈기가 있다.

호박이 열리면 꽃이 떨어지기 바쁘게 누군가 따 간다. 오기를 부리는지 계속 괴롭힌다. 먹지도 못할 것을 무엇 때문에 따 가는지 알 수가 없다. 호박이 열리면 보이지 않게 지푸라기로 살짝 덮는다. 조금이라도 더 키워 보려는 심산인데, 내 마음도 몰라주고 그대로 썩어버리는 놈이 더러 있다. 그래도 숨겨놔야 호박 냄새라도 맡으니 그럴 수밖에 없다. 또 따 가더라도 좀 키워서 적당히 따 가고, 주인 몫은 남겨두면 얼마나 좋을까, 한숨도 쉬어보고, '남의 호박 따 가면 삼대에 걸쳐 화가 미친다.'고 크게 엄포를 써서 줄기에 붙여놔도 아무런 효험이 없다.

수시로 지켜봐도 그런 사람은 보이지 않지만 심증 가는 사람은 있다. 소주 한 병을 물마시듯 마시고도 멀쩡한 중노인이다. 그렇다고 당신이 그랬느냐고 물어 볼 수가 없어 끙끙 앓으며 하느님께 빈다. 그 사람 호박에 손대지 못 하게 병이 들거나 이사 가게 해주시라고 기도한다.

기도가 효험이 있는지 그가 안 보인다. 이제는 안심해도 되겠다고 쾌재를 불렀는데, 대타가 계속 나온다. 이제는 부드러운 순만 따 가는 사람이 생겼다. 한줌 쥐고 있는 중년 여인을 짜부닥 만났다. '왜 따 가느냐.' 하니 그냥 저절로 난 줄 알았다고 한다. 모르고 한 행위이니 뭐라고 나무라기도 뭣해서 내가 심어 놨으니 그러지 마라고 했다. 며칠 후 호박순 한 줌 쥐고 있는 여인을 또 만났다. '왜 따 가느냐.' 하니 관리인이냐고 되묻는다. 내가 심었다고 말해도 여기는 임자 없는 땅이니 따가도 되지 않느냔 식이다.

호박순을 더듬어 따고 있을 때 그냥 가라고 하면 대부분 '임자냐'고 되묻고, 그렇다고 하면 '미안하다'고 그냥 가는데, 그만 유독 기고만장 하여 오히려 큰소리치는 것이다. '여긴 공유지인데 여기다 심어놓고 자기 것으로 생각하면 안 된다는 것이다. '먼저 보고 따 가는 사람이 임자 아니냐.'고 한다. 미안한 생각보다는 무슨 범죄자라도 잡은 양 의기양양하여 '심은 사람이 잘못이지 따가는 사람이 잘못이 아니라'는 논리다. '상식이 없는 행동이지 자기 욕심 채우려는 행위는 정당하지 못하다. 여기다 심어 놓은 농작물은 먼저 따가는 사람이 임자다. 그러니 자기가 따 가는 것은 당연 하다'고 우긴다.

그런 사람이라 오다가다 봐도 일주에 다섯 번이나 또 호박순 뒤지는 것을 보고 화가 치민다. "이보시오! 도사님 남의 것을 자기 것인 양 하는 것도 적당히 하시오. 호박이 클 시간 좀 줘야지 그렇게 날마다 뒤지면 되겠는가?" 큰소리치니 "그러면 이것을 다 뽑아버린다"는 바람에 내가 꼬리를 내리고 말았다.

이 꼴 저 꼴 보기 싫어 순을 울타리 너머로 절반을 넘겼다. 울타리가 2미터가 넘어 호박 하나 이쪽으로 옮겨 오기가 여간 힘이 들어 전에는 슬쩍 넘어간 순을 억지로 끄집어냈는데 이번에는 일부러 밀어 넣었다.

열어도 걱정이고 안 열어도 걱정이다. 우선 그래 놓고 나니 절반은 해방되었다. 설령 거기에 호박이 열린다 해도 꺼내 오기 힘이 든다. 호박을 잡아당겨 마대에다 담아 그것을 울타리로 넘겨 오기란 쉬운 일이 아니다. 그러나 하나라도 건지려면 그 수밖에 없어서 해 놓고도 고민이다. 궁하면 통 한다고 했던가? 사다리가 있으면 좋으련만 의자를 두 개 포개면 넘어갈 수 있겠다 싶어 실제로 그렇게 넘어 다녔다.

풋 호박이 줄줄이 열려, 줄 만한 사람은 거의 다 나눠주었다. 또 욕심이 생긴다. 나머지는 늙은 호박을 만들고 싶다. 모르는 척 가을 까지 방치해 두었다. 배낭을 네댓 개 들고 울타리를 넘었다. 믿기지 않을 만큼 호박이 익어 있었다. 덜 익은 것은 남겨뒀어도 참 푸짐했다.

그가 호박을 그토록 집요하게 따 가지 않았으면 어떻게 그런 생각을 했겠는가? 그한테 고마운 생각이 들어 인사라도 하고 싶다. 전화위복이라는 게 이런 거구나 하고 감사 했다. 그를 만나려고 하다가 그만 두었다. 그 때문에 호박 풍년은 들었지만 남의 것을 미안한 생각도 없이 너무나 뻔뻔하고 위풍당당한 그 모습 보기 싫어서다. 그러나저러나 이 겨울은 늙은 호박으로 겨울을 건넌다. 눈이 펄펄 내리는 날에도.

텃새 둥지 틀기

우리 아파트를 본적지로 삼으려는 새 가족이 있다. 이른 아침 지하 주차장 입구에 어리둥절한 삔추 새끼 한 마리, 아직 여물지 않아서 그러는지, 오는 사람 가는 사람 눈치만 본다. 저 놈이 어떻게 여기에서 두리번거리고 있을 수 있단 말인가. 외부에서 왔을 리는 만무하고, 그럼 이 아파트 안에서 알을 깨고 나왔다는 말인데, 아무리 둘러봐도 둥지를 틀만 한 자리가 없다. 의문이 꼬리를 문다.

그놈을 잡아본다. 아직 익지 않은 빵처럼 물컹물컹 하지만 심장은 쿵쿵 뛴다. 이놈은 내 손바닥인지 둥지인지 구별이 안 되나 보다. 자꾸 입을 쩍 벌린다. 위기를 느낀 어미는 자지러진 소리로 경고음을 보내지만, 이놈은 그 소리를 듣는지 마는지 가끔씩 삑삑거릴 뿐이다. 제일 안전한 곳에다 옮겨 놓는다. 조금만 돌아가면 사람이 뜸하고 나무가 많은 곳이라 그곳으로 가기를 바라지만 내 바람과는 달리 어미와의 간격이 좁혀지지 않는다.

사람이야 괜찮겠지만 자동차는 눈이 없으니 그놈을 알아보지 못 할 터이니 계속 지켜 줄 수도 없고, 같이 구경한 아줌마한테 좀 보살펴 주라고 해도 그녀도 바쁘다고 들어가 버린다. 언제 위기가 닥칠지 모르는 가련한 새 새끼를 모르는 척 그냥 놔두고 일상으로 돌아간다.

하루 종일 마음이 어수선하고 불안하다. 해질 무렵 아파트에 들어서자, 어미 새 소리가 심상치 않다. 아침부터 저녁때까지 새끼를 불렀을 터이니 약간 쉰 듯한 소리가 삐익, 삐익 까지는 보통 듣던 소리인데, 끝 톤이 '삐~익' ㄱ자 소리, 금속성 음을 아주 높고 강하게 낸다. 처음 들어 본 소리다. 불길한 예감이 든다.

마치 그 소리는 올 테면 오고 말 테면 마려무나. 네가 안 오니 내가 미치겠다. 나도 이제 지쳤다. 날도 어두워지니 더 기다리지 못하겠다고, 이별을 예고하는 소리로 들렸다. 새 새끼가 잘못 되었다는 것을 예감으로 느낄 수 있었다.

다음날 아침 어제 그 새 새끼가 죽었다는 것이고 그놈이 아파트 마당에 나왔던 의문도 풀렸다. 일층 아줌마 말이, 우리 아파트 출입구 옆에 새집이 있다고 한다. 다가가 보니 정말 어수룩하다. 입구에서 네댓 걸음쯤에 2m30cm 정도 높이에다 집을 지었다. 네 마리를 깠는데 하도 찍찍 거려서 진작 알았다는 것이다. 세 마리는 이미 날아가고 막내만 홀로 남아 땅에 내려오면 아줌마가 잡아다 둥지에 올려놓아도 자꾸 내려 왔다는 것이다.

새 새끼들은 어미만 보면 고개를 높이 쳐들고 입을 크게 벌려 큰 놈은 많이 먹고 잘 크고 작은 놈은 힘이 달려 뒤쳐진다.

그 생각을 하니 언제나 맨 뒤에서 비실대는 내 모습을 들킨 것 같아 마음이 편치가 않다.

새나, 짐승이나, 사람이나 약삭빠르고 힘세고 배경 좋은 놈은 잘 살지만 나처럼 이 눈치 저 눈치 보면서 오금을 못 펴고 제 몫도 못 챙겨 먹는 사람은 언제나 뒷전이다. 그놈의 어린 새의 죽음이 남의 일 같지 않아 여직 눈에 아른 거린다.

우리 아파트 입구 우측은 잘 보이지만 좌측, 새가 집 지은 곳은 일부러 보지 않으면 잘 안 보인다. 안 보이는 게 아니라 잘 안 본다. 누구든지 문 열 생각만(네 자리 숫자를 눌러야 된다)하지 딴 생각은 못하기 때문일 것이다. 그래서 그곳이 가장 안전한 곳이었다.

이렇게 출입이 잦은 번잡한 곳에 집을 짓다니 그놈 배짱 한 번 좋다. 이놈 생김새가 참새 색깔이고 비둘기와 참새 중간 정도의 몸짓이다.

이놈이 우리 아파트에 텃새로 자리 잡고 서울 출신이라고 시골 새들한테 유세 부릴지도 모르겠다. 산에서 살던 놈이 어쩌다 여기까지 와서 새끼를 치고 호적에 올려놓았으니 텃새로 자리 잡은 것이 틀림없다.